ミャンマー証言詩集　1988-2021

いくら新芽を摘んでも
春は止まらない

コウコウテッ ほか著

四元康祐 編訳

港の人

はじめに

四元康祐

本書は2022年にイギリスで出版された*Picking Off New Shoots Will Not Stop the Spring: Witness poems and essays from Burma/Myanmar 1988-2021*（Balestier Press, London）をベースとした、ミャンマーの証言詩とエッセイの翻訳アンソロジーである。つまりもともとはミャンマー語で書かれた詩やエッセイの英訳を、さらに日本語に重訳したものだ。またその過程で作品は大幅に取捨選択され、同時に英語版には収載されていなかった詩を新たに加えている。したがって本書は英語版の完訳ではなく、あくまでも英語版を基に編み直した日本語版のアンソロジーという位置づけである。

本書の成立過程については「あとがき」で詳しく触れるとして、ここではまず英語版アンソロジーの冒頭に置かれた編・訳者コウコウテッとブライアン・ハマンによる序文の一部を紹介しておこう。軍事クーデターの発生からわずか一年足らずで現場の声（というよりも叫び）を、詩とエッセイという形で拾い集め、世界に向けて発信した彼らの焦燥と熱情が伝わってくる文章だ。

権力の横暴に対して闘うとき、もっとも大切なのは、他人のために、惜しみなく、自らの身を捧げだす勇気である。２０２１年２月、民主的に選出されたミャンマー政府に対して軍がクーデターを起こしたとき、ネット上には怒りと哀しみ、そして異議申し立てを訴える文学作品が溢れかえった。それらはまさに、他人のために、惜しみなく、自らの身を捧げだす勇気の表明に他ならなかった。（中略）

終わりの見えない暴力や迫害、流血、そして罪もない人びとの数え切れぬ死にも拘らず、詩は、そして書くという行為全般は、ミャンマーの市民的不服従運動（Civil Disobedience Movement、略称ＣＤＭ）において重要な役割を担い続けている。しかしながら、オンライン上での発表はもともと永続性に欠ける上に、ネット環境自体が劣悪で通信が途切れがちであり、さらには徹底した検閲がかけられるために、ほとんどの作品は保存されることも翻訳されることもなく、なかにはまったく読むことすらできないものもある。そういう状況に鑑みて、私たちは当初、抵抗運動の第一線からの現場報告というコンセプトのもとに、詩とエッセイのアンソロジーを編んでいった。

オンライン上で書かれた言葉を、安全で恒久的な場所に移動し、しっかりと保存することと、それが喫緊の課題だったのだ。本書に収められた作品は、銃口の前に立たされた人間にとって、文字に記された言葉がどれほど大きな力と可能性を宿すものかを物語っている。と同時に、文学作品としても、美的に洗練された重要な価値を持つものであることが分かるだろう。その意味で、ミャンマーの「証言文学」は、特定の場所で起きた特定の現象と

してではなく、むしろ世界じゅうの抵抗芸術の流れのなかに位置付けられるべきなのである。（中略）

私たちはこれらの詩やエッセイを「抗議詩」とか「抵抗詩」ではなく、「証言詩」と呼んでいることを伝えておきたい。およそ抵抗詩というものはすべからく証言を含んでいるが、その逆は真ならず。証言詩がどれも抵抗詩であるというわけではない。証言文学とは、より一人称的な書き物であり、常に政治的になる可能性を孕みながらも、その時点ではまだあからさまな政治性を帯びていない、と私たちは考える。同時に、身体的、性的、心理的な迫害や虐待や軍事衝突にまつわる証言文学では、暴力的なイメージや激情に溢れる苛烈な表現が避けがたく噴出することも、あらかじめご了承いただきたい。

軍による民主主義の破壊、一斉検挙、政治家の拘禁、極度の身体的および精神的虐待、性暴力やジェンダーに基づく差別、検閲、銃器の無差別で過度な使用にも拘らず、ミャンマーの人びとの魂は燃え続けている。たしかに哀しみの淵にはあるものの、決してくじけることなく、以前よりも深い知恵をまとって。

さあ、ここからは目撃者自らに語ってもらうことにしよう。

これは彼らの物語である。

コウコウテッ、ブライアン・ハマン

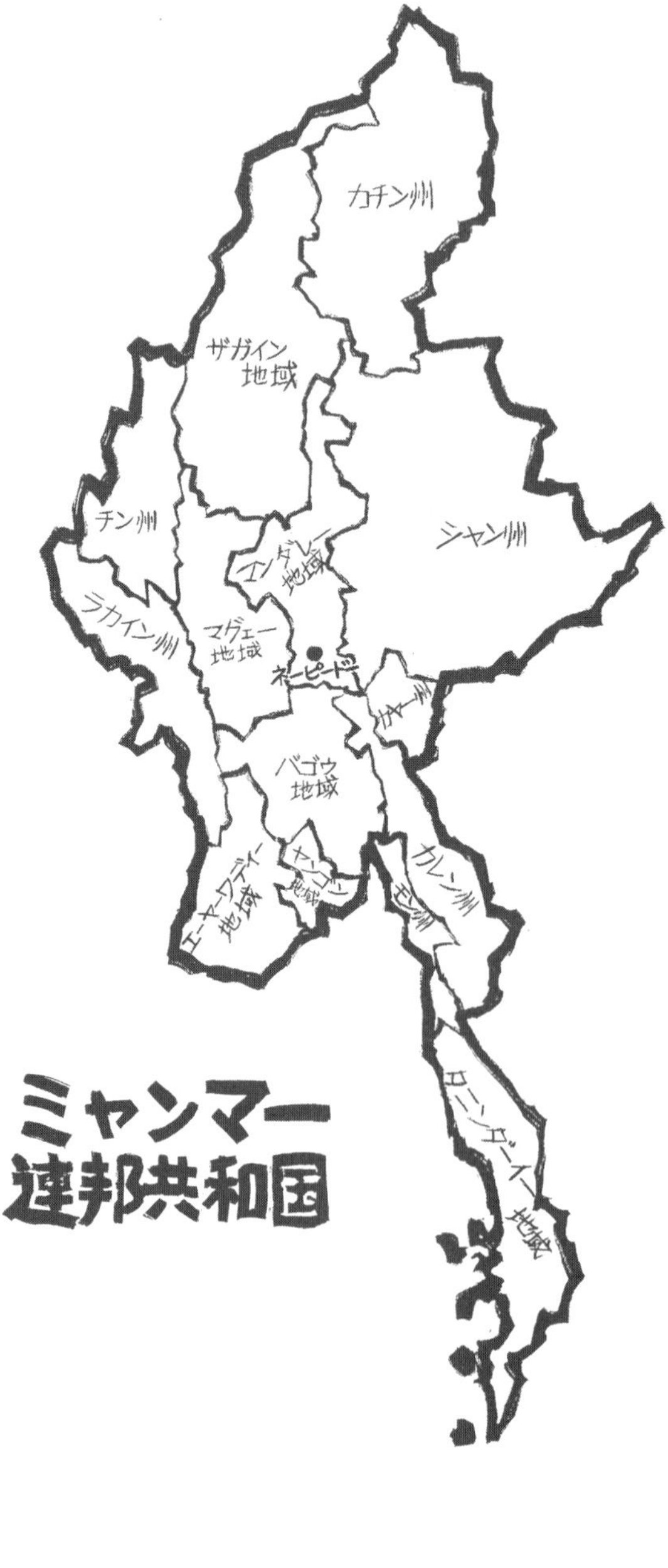
ミャンマー
連邦共和国
カチン州
ザガイン地域
チン州
シャン州
マンダレー地域
ラカイン州
マグェー地域
ネーピードー
バゴウ地域
カレン州
ヤンゴン地域
エーヤワディー地域
モン州
タニンダーリー地域

目次

本書を読む前に

1　本書は、コウコウテッ、ブライアン・ハマン編集『いくら新芽を摘んでも春は止まらない　詩とエッセイ　1988-2021（*Picking Off New Shoots Will Not Stop the Spring: Witness poems and essays from Burma/Myanmar 1988-2021*）』（Balestier Press、ロンドン、２０２２年）から詩18篇、エッセイ12篇、コウコウテッが発行している「詩の郵便」から詩10篇を収録した。なお「詩の郵便」の作品は、末尾に「詩の郵便」と付した。

2　次の作品の日本語訳の初出は『現代詩手帖』２０２１年11月号、特集「ミャンマー詩は抵抗する」である。

「頭蓋骨」「革命的家族」「春」「殉死した息子よ」「軽い口調で」「春と狂犬ども」「輸出法さまを褒めたたえる歌」「百日」「母に――四幕からなる一つの人生」「おいしい！　自宅で簡単デモクラシーの調理法」「なんてこったい！」「獄中からの手紙」「詩人パインティッヌエー」「エレベーター」「大いなる氷の大地の下に」「夜間外出禁止令」

3、英語版に付してあった注は英訳注として、本書の注は訳注として区別した。

装画・地図作成　moineau

I　2021

ケーザウィン　K Za Win（1982-2021）　四元康祐

頭蓋骨
Skulls

革命の花は咲かない
空気、水、大地、
すべての栄養が揃わなければ。

革命の花が咲く前に
一発の銃弾が誰かの脳みそを
路上にぶちまける。
その頭蓋骨の叫びが君に聞こえたか？

邪悪なものに対して

声明文を発することに意味があるのか?
ダー（刀）のダルマ（法）においては
ダーを振りかざすだけでは足りない。
前に進み出て切り倒すのだ!

革命を成就するには
考えているだけじゃだめなんだ。
血のように、君は立ち上がらなければならない。

もう二度と迷うまい。
革命の導火線は
君、さもなくば僕。

初出　「Adi Magazine」（米国で発行のネット上の雑誌名）2021年夏

オンマーミン　Ohnmar Myint　　三宅勇介

詩人　ケーザウィン

Poet K Za Win

私の兄の出生名はマウン・チャンダーでした。兄は１９８２年5月24日に、ザガイン地域サリン郡レッパダウン村に住むウー・チョースエーとドー・ウィンメーの間に生まれました。４人兄弟の長男で家族の誇りでした。

１９９２年、小学校４年生の兄は全国共通テストで地域のトップテンに入る成績を収めました。両親や先生は高校進学を勧めましたが、兄は僧侶としてブッダの教えである仏教教義を学ぶ決心をしました。

見習い僧になるにもまだ歳が足らなかったので僧院の寄宿生となりました。のちに信心深い修道僧とともに、仏教研究で有名なモンユワー、マンダレー、バゴウの僧院でも学びました。兄は優れた若き仏教学者でした。バゴウで仏教教義を教えるターマネーチョー教学院で仏教学の学位を取得しました。僧侶として仏教学の学位を取ったものの、修士号に相当する仏法教師の資格試験を受けようとはしませんでした。軍事政権の与える称号など欲しくなかったのです。その頃から兄は僧侶として軍政に反対するようになりました。

3年間の修行ののち、兄は文学の道を進むため僧団を去りました。小さい頃から兄は読書が大好きでした。年相応以上の本を読んで育ち、詩も書きました。他の子供たちが遊びまわっている間もずっと本を読んでいました。兄は無口な子供でした。喋る時は短く的確に喋りました。まだほんの小さな時から、弱いもののために、また自分が真実であると信じるもののために戦いました。

兄は子供の頃、村のチンドゥイン川の土手から採った赤い泥から粘土の小さな立像を作るのが得意でした。彼が作った粘土のおもちゃはとても精巧に出来ていたので大人も感心するくらいでした。彼は様々な動物や彼の周囲で目にしたものなどを作りました。象、馬、雄牛、人々、車、荷馬車などなど。村では贅沢品とされるディーゼル式の水ポンプも見よう見まねで作ったこともありました。

大人になってから、私たちはこの頃の兄のことを話しては兄をからかいました。いつも本を読むか泥人形を作るかで、しっかり身体を動かして遊ばなかったから、他の子供たらみたいに背が伸びなかったのよ、と。兄はそれを真に受けて、子供を持っている親には誰となく、子供が遊びまわるのを止めない方が良いと忠告したものでした。でもその一方で子供たちには読書を勧めました。実際兄は、村で最初の図書館を建てるために尽力したのです。

2015年に学生による反政府抵抗運動に参加した理由で、兄は5つの罪で起訴され有罪になり、ターヤーワディー刑務所に1年2ヶ月収監されました。

そして2021年、ミャンマー詩人同盟、ミャンマー若手詩人同盟、全ビルマ学生戦線の代表として、モンユワーで軍のクーデターに対する全国規模の抗議運動の最前線にいた彼は頭を銃で撃たれました。私は、兄が尋問所に引きずり込まれて行った時まだ生きていたと思います。兄は拷問を受けて死んだにちがいないのです。

モウウースエーニェイン　Moe Oo Swe Nyein　三宅勇介

革命的家族
A revolutionary family

おとっつぁんは
組合とともにデモ。
大きい姉ちゃんは
遊び友達たちとデモ。
夜8時まで
二人のちび娘たちも怒りを込めて
鍋とフライパンを打ち鳴らす。
母ちゃんは御守りのために
経典を唱えつつ
オンラインで最新情報を流す。

不当行為が行われた時には
家族は一丸となり声を合わせ
独裁者を呪う。

ミチャンウェー　Mi Chan Wai　四元康祐

残余の生
Residual Lives

日が暮れると
爪先立った不安がやってきて
竹を編んだ壁の隙間から
ふたつの眼を覗かせる。

＊

赤ん坊の泣き声、声を合わせて口ずさむ歌、
犬のワンワン、猫のニャーニャー
身近な物音はみんな熄んでしまった。
空の天蓋と

家々の屋根の間には
カァーカァー、カァーカァー、鳴き止まない鴉の声だけ。

*

もぐら、指、サボタージュ、ダラン[注]
聞いたこともない単語ばかり。

*

誰が敵なのか分からない、
額に印が付いているわけではない。
でも敵はそこにいる。
すぐそこに。

*

すべての灯りが消されたあとの
夜の底で
誰もが息をひそめている。
最初に軍靴の足音がきこえる、

それから命令が。
「この家から二人！」「あの家からは三人！」
「引きずりだせ。ボコボコにしろ！」
狂犬たちが私たちの近所を喰いちぎってゆく。
良心の血肉が腐って
蛆虫に冒されているダランの「指」が、
その手助けをする。

＊

闇の奥から放たれる銃弾は
眼をつむって、手あたり次第に飛んでくる。
前に立ちはだかるものはなんだってぶっ壊す。
この世界の片隅で
悲劇のオペラの
残虐極まりない筋書が
演じられる。

＊

朝になると
生き残った
近所の女たちが
真実を証言するために
家から出てくる。

＊

女たちの口は語る。
女たちの両手は広げられる。
女たちは自らの命を質に入れる、
血に染まったアスファルトの路上に倒れた
夫や息子たちのために。

＊

午後8時
残余の声をふり絞りながら
女たちは鍋や釜を打ち叩いて
抗議する、

ふたたび足音と
「指」がやってくるまで。

英訳注　「ダラン」とはミャンマーにおけるヒンドゥー語からの外来語で、軍政への協力者、スパイ、密告者を意味する。
訳注　英語の「もぐらmole」「指　finger」も同様。
初出　「Adi Magazine」２０２1年夏

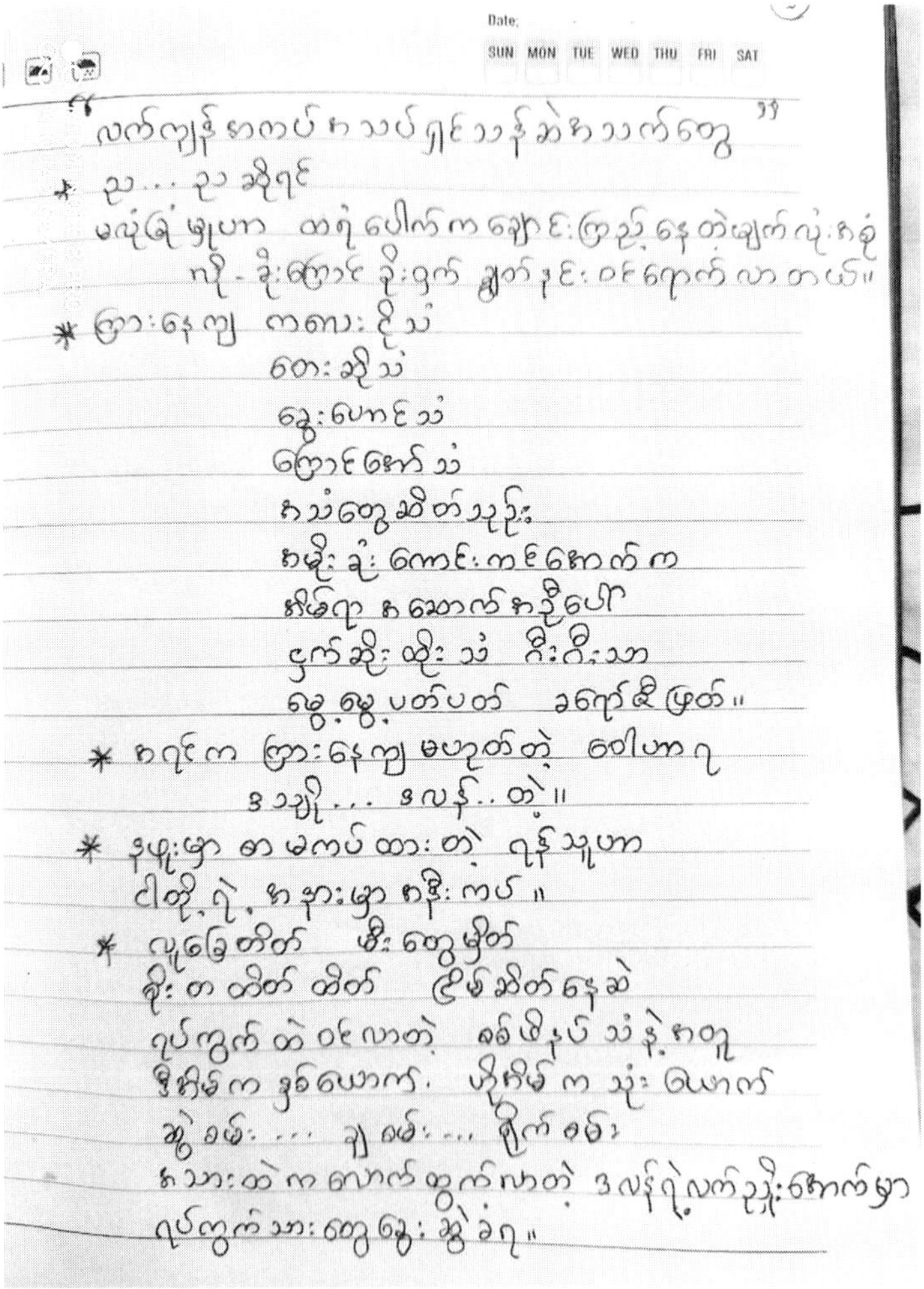
Date:
SUN MON TUE WED THU FRI SAT

"လက်ကျန်အကပ်ကသယ်ဂျင်သန်ဆဲအသက်တွေ"

* ညာ… ညာ ဆိုရင်
မလုံရဲ့မှုဟာ ထရံပေါက်က ချောင်းကြည့်နေတဲ့မျက်လုံးအစုံ
ကို - ခိုးကြောင်ခိုးဝှက် ချွတ်နင်းဝင်ရောက်လာတယ်။
* ကြားနေကျ ကလေးငိုသံ
တေးဆိုသံ
ခွေးဟောင်သံ
ကြောင်အော်သံ
အသံတွေဆိတ်သုဉ်း
အမိုးချုံးကောင်းကင်အောက်က
အိမ်ရာအဆောက်အဦပေါ်
မှက်ဆိုးထိုးသံ ဂီးဂီးသာ
ဖွေ့ဖွေ့ပတ်ပတ် ခရော်ဒီဖြတ်။
* အရင်က ကြားနေကျမဟုတ်တဲ့ ဝေါဟာရ
ဒသျှို… ဒလန်..တဲ့။
* နံဖူးမှာ စာမကပ်ထားတဲ့ ရန်သူဟာ
ငါတို့ရဲ့ အနားမှာ အနီးကပ်။
* လူခြေတိတ် မီးတွေမှိတ်
ခိုးတတိတ်တိတ် ငြိမ်ဆိတ်နေဆဲ
ရပ်ကွက်ထဲဝင်လာတဲ့ စစ်ဖိနပ်သံနဲ့အတူ
ဒီအိမ်က နှစ်ယောက်၊ ဟိုအိမ်က သုံးယောက်
ဆွဲခေါ်… ချုပ်ခေါ်… ရိုက်ခေါ်
အသားထဲက ဖောက်ထွက်လာတဲ့ ဒလန့်ရဲ့လက်ညှိုးအောက်မှာ
ရပ်ကွက်သားတွေ ခွေးဆွဲခံရ။

ミチャンウェー著「残余の生」（前半部分）

いくら新芽を摘んでも春は止まらない
Picking off new shoots will not stop the spring

マ・ティーダー　Ma Thida
大崎清夏

白いトップスにジーンズ姿の10代の女の子たちが自信に満ちた態度で掲げたプラカードには、「いくら葉っぱを摘んでも春は止まらない」と書かれている。表情に怒りや悲哀は読み取れず、それは決然として見える。彼女たちは叫ぶ、「私たちは若者だ、私たちには未来がある」。彼女たちが信じているのは怒りや悲しみではなく、希望だ。その10代の女の子たちのグループは、路上に出ている何万人もの若い人々のほんの一部。大都市から小さな町に至るまで――抵抗運動に参加する都市の数は、ミャンマー全土で300を超える。

希望をもつのは当たり前だ。彼らのほとんどは、2020年11月の総選挙でNLD（国民民主連盟）に投票した。500万人余りの、初めて投票権を得た有権者たち。彼らの中には、選挙までの4年に亘るNLD政権に不満のあった者もいた。それでも彼らのほとんどはNLDに投票し、そしていま、アウンサンスーチーとウィンミン大統領の釈放を求めている。彼らは

「私たちのリーダーを解放せよ」、「私たちの投票を尊重せよ」と要求する看板を持ち歩いてさえいる。責任ある市民として初めて投票する機会を得て、彼らはよほど嬉しかったに違いない。その投票が尊重されも認められもしないのでは、どう満足しろというのだろう？　軍事政権に対する彼らの戦いは支持政党のためのものではなく、純粋にその1票と権利のためなのだ。

1台の軽トラが、太陽の下に駐まっている。おじさんたちが使い捨ての弁当箱に麺類を詰める間、青年が高架下の日陰で抗議者たちに弁当を配る。ナイキの帽子にトレーナー、かわいくおしゃれした3人の10代の女の子が青いごみ袋を持ち、人々の手から弁当がらを集めて回り、通りのごみを運び出す。角では3人の屈強な男たちが三輪カートの傍で、処分するごみを待ちかまえている。三輪カートのフロントには「私たちはボランティアです。地方自治体ではありません」の貼り紙。道の反対側では新車のSUVのトランクから出てきた賢そうな青年たちが知らせる、「水とジュースが届きました！　欲しいものを取って、ごみはこの箱の中に入れてください」。

別の角では若者たちのグループが、要望に応じたプラカードの受注生産に励んでいる。「私には3本指の絵を描いて」「CDMとデザイン文字で入れて」「私は「我々のリーダーを解放せよ！」でお願い」。その隣にいるのは「救急医療用」と謳う救急車だ。若い医者たちと看護師たちが匿名の寄付で賄われた昼食を路上で食べながら、医療を必要とする人を待っている。さまざまな無料の飲食物をもらったり、パック詰めの食糧を受け取って擦り切れたバックパックに入れたりしているストリートチルドレンもいる。彼らのうちの何人かは空き瓶も集める。ストリートチルドレンは誰ひとり、誰からもひどい扱いを受けていない。10歳の物売りの女の子が売り物のスイカを抗議者たちに差し入れたいと表明したときには、ひとりの男の子が代金の半額を援助して女の子の慈善精神を実現させた。にっこり微笑みながら見つめあうふたり。裕福な人も貧しい抗議者から丁寧にごみを集め、お互いの役割に敬意を表す。

こういった光景は、いまやミャンマーの路上《ストリート》の新しい日常だ。朝8時から夕方5時まで、何万人もの人びとが路上に出ている。5時を過ぎ、抗議行動が終わると、路上にごみはひとつも見当たらない。これからは、ミャンマーの人びとは路上にごみをポイ捨てするのをためらうようになるかもしれない。春の革命は、3週間を経てなお力強く、衰える気配もなく、すべての世代と社会集団に新しい自律的な生活様式をもたらしている。

開始からひと月近く経つ抗議活動は、階級にも性別にも人種にも宗教にも分断されずに続いている。罵詈雑言も、下品なふるまいも、見下しも、個人の値踏みもない。車の交通事故もほとんど発生していない。発生した時ですら、よくある口論や喧嘩はなく、事故は友好的に解決された。ただひとつの共通の敵である軍事独裁政権が、こんなにも多様な人々を結びつけたのだ。

いま、私たちの歴史の中でも、連帯、規律、決断と協力との貴重な瞬間が訪れている。ミャンマーの人びとに民主主義は値しないなどと、誰の口が言えるだろう。ミャンマーの人びとは野蛮で嫉妬深く無知であるなどと、誰の口が言えるだろう。

町の中心部での抗議活動に来るための交通費を一部の抗議者が賄えないことがわかると、すぐに無料乗車キャンペーンが始まった。交通費用の紙幣を無料の食糧パックに挟みこむ提供者もいた。抗議者たちを乗せたタクシーには現金封筒が投げこまれた。親軍派の暴徒が抗議者たちの車をボコボコにすれば、あちこちの整備所が瞬く間に無料の修理交換を申し出た。

軍用車両が貧しい地域に入り、無料米を配って支援を得ようとしたとき、多くの人は受け取りを拒否し、代わりに鍋やフライパンを叩いてみせた。それでも、貧しいのだから仕方ないと言って、無料米をほしがる人もいた。ある個人商店の主はこれを聞きつけるとすぐ、必要な人には彼女の店の品質保証米を無料で配ると告知した。ある村ではひとりの女性が、抗議活動への参加を条件に、軍事政権が権力を放棄するまで村人なら誰にでも家の食事を無料でごちそうすると宣言した。

鍋やフライパンを叩く騒がしい音が毎晩、軍事政権への戦を鼓舞する太鼓のように鳴り響く。叩きながら人びとは、軍事政権とその取り巻きに凋落や死すらも宣告しながら呪いを浴びせる。抗議はそのまま、祈りでもある。多くの町で、よりよい未来を祈ろうと、あるいは深い慈愛を宇宙の隅ずみまで広めようと、人びとは集まる。

2月初旬に一斉に刑務所から釈放された犯罪者や暴徒、町をうろついて飲料水の水源に毒を流そうとしているとか放火攻撃に加担していると噂される軍や警察の代理人を阻止するために、各自治区を巡回する警戒チームが結成された。チームはスマートフォンアプリを使って繋がりを維持している。午前1時以降、政権によってインターネット接続が遮断されると、人びとは緊急電話番号を割り当てて使い、不審物を報告する。ネットの技術に長けた若者たちは、インターネットのトラブル回避と安全のため、Bridgefy、VPN、DNSやZelloといった通信用アプリを紹介する動画を投稿する。

クーデターの初日以降、街頭には政府の存在がまるで感じられない。人びとは自分たちのコミュニティを自治的に運営している。連邦議会代表委員会（CRPH）も、軍事政権が村ごとに任命した行政官を退けるため、独自の草の根の行政ユニットを結成するよう人びとに求めている。すでに多くの場所で、軍事政権の行政スタッフは地域住民からの相当な抵抗に遇い、職務からの撤退を余儀なくされた。

何千人もの公務員が市民的不服従運動（CDM）に参加した一方で、人びとのために残って仕事を続けている者もいる。例えばエネルギー・電力部門の現地スタッフは、暴徒の攻撃が増加したりインターネットが遮断されたりする間、住宅に停電が発生しないよう見張っている。通常通り仕事をしながらも、CDMへの参加を表明し、公式の制服を身につけていない地方自治体職員もいる。医療の専門家たちはCDMを導くヒーローだ。運動を始めたのは彼らだった。彼らは無料診療所でも患者を診ている。政府系銀行のみならず個人銀行までが、主としてCDMのためにやむを得ず閉鎖している。軍銀行ミャワディーが1週間の抗議活動の後に再開したとき、人びとは預金を全て引き出すために長い列を作った。1週間も経たないうちに、銀行は再び閉鎖された。

これはミャンマーの新しい日常のほんの一角だ。警察や兵士との取引を拒否しているのは小売業者たちだけではない。数多くの料理店その他の企業が軍所有のビジネスに対するボイコットに参加し、その数は増え続けている。ミャンマーの人びとは、軍の所有になった国営の宝くじまでボイコットした。軍事政権は通常は月の初日に発表される宝くじの当選者を、3月15日にのみ発表すると告知した。

「社会的制裁」は迅速かつ効果的だ。ネーピードーで警察が抗議者たちに発砲し、19歳の女性が頭を撃たれて死亡したとき、人びとは即座にこの犯罪を調査した。犯罪者の名前と階級が、彼の妻や家族の名前と職業とともに暴かれるのに、長い時間はかからなかった。こういう類いの大衆の調査というものは驚くほど速やかで、結果は衝撃的な詳細さを伴う。抑圧者を名指しして恥をかかせるアクティビズムも、「キーボード・ファイター」たちの新しい日常になった。警察や軍隊の中には、いまや全身を覆うマントで身を隠す者も見られる。

2月24日、ミャンマー南部の町ダウェーでは、警察が元軍将校の公務員の家を襲撃した。アウンサンスーチーを支持していたこの人物は、SNSにいくつかの抗議文を投稿していた。襲撃の模様を映した動画はフェイスブックで拡散され、動画内では夫婦の息子が母親を擁護していた。父親は不在だった。その声はまるで7、8歳の子供のようだった。動画では彼の声しか聞こえなかった。彼は勇敢にも警察官に抗議していた、「あなたたちは信頼できない」と言いながら。彼の言葉は、この国の全ての武装勢力への、特に州警察と軍隊に対する人びとの感情を反映している。近頃は、子供でさえ自分の意見を思いきって声にする。これもまた、闘争の中の新しい日常のひとつだ。

一方で、声を上げる作家やジャーナリストや芸術家たちの暮らしは、新しさは同じでもまったく非日常的と言えるだろう。反逆罪に関連する刑法や個人情報保護法その他の新たな法改正が、ジャーナリストたちを監禁に追い込んだ。一部のニュースメディアは暫くの間の閉鎖を発表。軍事政権寄りの傾向のあるその他の一部の報道機関は、CDMに参加する社員たちが出ていったために廃業している。出版業界も2月初旬から機能不全に陥っている。郵便局が休業し、電車が運休し、銀行の業務が停止しているCDMの最中には、書籍を流通させることが単純に不可能なのだ。ミンアウン、マウン・ターチョウ、ミンティンコウコウヂー、ティンリンウー、ソー・ポウクワー、そしてルーミンは過去に拘留されたか、現在もなお拘留されている。私たちは彼らの居場所を知ることができない。早期逮捕者の中には作家2名、映画監督1名、ポップアイドルと俳優各1名が含まれている。抗議を積極的に支持したその他全ての芸術家やインフルエンサーにも逮捕状が発行されている。彼らはいま身を隠している。私たちのほとんどは近い未来も遠い未来も考えられずにいる。計画は全て破壊されてしまった。抗議活動以外の一切に、誰も興味がないのだ。

警察の残虐さにも関わらず、人びとは2月7日から毎日、1日も欠かすことなく抗議集会を続けている。クーデター後の最初の数日間、軍はクーデター支持を呼びかける集会を組織した。人びとは彼らとの衝突を避けるため、連中が路上から去るのを待っていた。2月5日の夕方になって初めて、少人数の集団がヤンゴンのサンヂャウン郡区内でかなり短い抗議活動を始めた。続いて翌日には、マンダレーでそれより少し長い抗議活動が4名で行われた。3名が逮捕された。そして2月7日、少なくとも300人の若者が、主に女性たちに統率されて本格的に抗議活動を展開しはじめた。それは国じゅうに野火のように広まっていった。以来、抗議活動は週末にさえ止むことなく続いている。祈りによる抗議が夜間に開催される都市もある。日が暮れると毎晩8時に、ミャンマー国民は自分の責務として、軍の暴政への反対を鍋やフライパンを叩いて示す。誰にも止められない、粘り強い、これが私たちの春の革命だ。

2月末までの間に少なくとも15名の人びとが殺された。何千人という公務員の生活が脅かされている。一般市民の生活も不安定になっている。1本の木が突風に揺れる。まだ柔らかい葉が落ちる。それでもなお、誰がこの春を、革命を、止めることができるだろう?

ニープレー　Nyi Pu Lay　　四元康祐

ダルマ（仏法）のもとに 抄

from The dharma will prevail

［…］

２０２０年には新たな選挙が待っていた。国民民主連盟（National League for Democracy、略称ＮＬＤ）は、ミャンマーの発展のためには、自分たちの政策を推し進めなければならないと信じていた。彼らは圧勝を狙っていた。コロナ禍で満足な選挙運動もできなかったが、ＮＬＤには秘密兵器があった。５００万人以上の新成人が、生まれて初めての投票を待ち構えていたのだ。

若者たちは、人生最初の１票を、自分たちが望む国家を実現してくれると信じるに値する政党に投じようと考えていた。投票日がやってくるのを、指折り数えて待っていた。海外にいる有権者は、早々と不在者投票を済ませていた。多くの人が、故郷で投票するために、何百キロも列車にのり、何度も乗り換えながら帰省していった。徹夜で投票所まで向かう者もあった。田舎に住んでいる者は、山を越え川を下った。高原の果樹園を横切ってゆくものもいれば、大草原にひろがる茶畑を抜けてゆくものもいた。モーターボートで延々と川を下るものも、三輪モーターバイクを駆って舗装してない土の道路を急ぐものもいた。誰もが投票所を目指していたのだ。

1票を投じると、男も女も、キンマの葉を噛んで真っ黒に染まった歯を見せて、にっと笑った。少数民族の女たちは踊り始めた。身体をくねらせて大きな耳飾りを揺らし、ベルトにつけた銀貨を打ち鳴らした。選挙結果が報じられると、彼らは狂喜した。この選挙は、誇張ではなく、自分たちの生存にかかわる事柄だったからだ。勝利を祝う歓喜の叫びが国中に響き渡った。苦労して投票にいった甲斐があったのだ。

考えるだけの知性のあるものは、ダルマの仏法のことを考えながら票を投じた。感ずるだけの感性のあるものは、真実を感じながら票を投じた。投ずることによって、私たちの人生は人間らしさを取り戻すはずだった。恐怖から逃れられるはずだった。自由に息をして、ぐっすり眠ることも夢ではないはずだった。私たちみんなが願っていたこと――法による統治、透明性、五千万人の国民のための平和と民主主義――が約束されていたはずだった。

ところが2021年2月1日、クーデターが起こった。議会が招集される直前のことだった。大統領と国家顧問（訳注：アウンサンスーチー）が逮捕された。そのほかの大臣も逮捕された。NLDは選挙違反行為をしたとして告発された。5000万人以上の国民の誰もが、不意打ちをくらった思いだった。

クーデターは国民すべてに対する侮蔑だった。銃弾によるイジメだった。2008年に制定された憲法をさらに良いものにして、民主的な連邦国家を作ろうという計画はあっけなく潰された。だが長年軍の横暴に晒されてきた民衆は、もはや黙ってはいなかった。クーデターに反対する抗議活動がミャンマーの至るところで始まった。それは感動的な光景だった。あたかも全国的な連携のもとに立ち上がったかのようだったが、実際にはそうではなかった。不正義に立ち向かう人々の心が、自然とひとつになったのだ。この国のためになすべきことをなさねばならないと、誰もが決心を固めていた。

抗議活動は平和的なものだった。統制もよくとれていた。年齢も、性別も、民族もさまざまな人たちが、互いを受け入れて共存していた。助け合っていた。目指す目的はひとつだと信じて、力を合わせた。3本の指を高々と掲げ、堂々と胸を張って行進した。彼らはすでに民主主義のウィルスに感染していたので、コロナウィルスなんか恐くなかった。

運動のリーダーは、21世紀に生まれた若者たちだった。ついこの前までお母さんの胸に抱かれていたような少年少女も含まれていた。コンピューターゲームが大好きで、スマホを使いこなす世代だったが、彼らはそんな贅沢を惜しみなく投げ捨てて路上に繰り出した。デモは平和的なものだった。みんな礼節をわきまえていた。2月にデモ行進が始まったばかりのころは、あとにはゴミひとつ落ちていなかった。彼らはスローガンを連呼した。プロテストソングを合唱した。外国の大使館の前で抗議集会を開いた。芸術的な表現やパーフォーマンスを取り入れたさまざまなアイデアを実現してみせた。世界はその様子に目を瞠り、一挙一動に注目した。ミャンマーのZ世代の抗議活動は、世界中のメディアの一面を飾ることになったのだ。

市民的不服従運動（ＣＤＭ）がそれに続いた。「家にこもって、独裁者たちを追い出そう！」ＣＤＭとは、権力を我がものにする軍部の統治機構に投げ込まれた1本のスパナだった。抗議活動と相まって、職場放棄のストライキはめざましい効果をあげた。軍部は仕返しに棍棒を振りかざし、デモ隊を蹴散らした。群衆のただなかに催涙弾とスタン擲弾を投げこんだ。そればかりか、実戦用の手榴弾や実弾まで使って弾圧を試みた。狙撃手に、罪のない市民の頭を撃ち抜かせた。国営アパートに住んでいた公務員は、家から力づくで退去させられた。にもかかわらず、人々の血は勇気で滾っていた。おとなしく引き下がるものはいなかった。Ｋポップとゲーム・アプリにどっぷり浸かっていた若者たちが、かくも斬新なアイデアで抗議活動を展開できるだなんて、だれに想像できただろう。

この闘いは、ダルマの仏法と邪悪な力との闘いだ。正義と不義、みずみずしい想像力に満ちた精神と腐りきった収奪政治家との間で交わされる腕相撲だ。武装集団に立ち向かう5000万人以上の人民。これが最後の戦いなのだ。

ドクター・ミンゾー　Dr Myint Zaw　　三宅勇介

高潔なる者 より

from The noble

民衆が前に進むと、邪悪な奴らは、棍棒で防御盾を自ら叩きながら、恐ろしい威嚇の音を立てた。邪悪な奴らは耳を圧する音爆弾を投げて、人々を散らした。邪悪な奴らは手榴弾を投げて街のいたるところに煙幕を張った。つい先日まで、音楽で満ち溢れていた場所であったのに。「俺たちは若者。未来があるさ」いうざわめきで満ちていたのに。

邪悪な奴らはそれまでゴム製の銃弾で武装していた兵士の手に本物の銃弾を握らせる。悪魔が膝を着き注意深く狙いをつけると銃を撃った。銃口から飛び出した銃弾に込められているものは悲しみだった。殺される者の子供たち、両親、兄弟たちの悲しみ。

確実に言えることを一つ言おう。銃弾は丸腰の市民に打ち込まれのだ。銃弾がめり込んでその旅を終えるところから人々の悲しみの旅が始まる。

銃弾がその旅を始める場所ではまた別の光景がある。銃弾が目標に当たると狙撃者はそれを祝うのだ。そのぞっとするようなお祝いを写したビデオクリップはこれから何年にも亘って当局に不信の目を持つ何百万人もの人々によって再生されるだろう。ダウェーのまさにこの場所、狙撃者がお祝いのダンスを踊った場所が、人間性の欠如が目撃された場所の一つとして検証される日がきっと来るであろう。

人々の記憶は薄れる、しかしインターネットの記録は残る。ヤンゴンのカマーユッにある第五国立高校の前に配置された軍隊がニーニーアウンテッナイン（1998-2021）を2月28日に銃撃して殺したことが忘却されるとは思わないでほしい。毎日国軍は学校の前に置かれたニーニーに捧げられた沢山の花、花輪、蠟燭、写真やその他のものを壊しにやってきた。だが、この破壊活動の画像は数秒後にはもうネット上にアップされるに違いない。インターネットはニーニーがどのように倒れたかだけではなく、彼の死後の安息まで毎日破壊されつづけたことを立証するであろう。

国軍の奴らは確かにニーニーに捧げられた彼の遺影を破壊する時にその写真を見るだろう。一体邪悪な奴らは何を感じるだろう？　勝利を反芻するだろうか、「よくも俺たちに歯向かう度胸があったもんだな」と。

邪悪な心は常に破滅、詐欺、悲しみだけを齎らす。ヒトラーからポルポトまでその証拠には事欠かない。奴らにとって、破壊された街の瓦礫は、自分たちが立てた黄金の宮殿なのだ。「お前たちは俺たちのように勇敢かい？」自動小銃を背中にかけたまま、奴らはそう嘯くだろう。

邪悪な奴らは必ず惨めな結末を迎える、なぜなら高潔な者は勇気、美しさ、叡智を持つからである。邪悪な奴らの強さは単なる見せかけに過ぎない。この数日間に撃ち殺された人々こそ、気高い強さを示したのだ。

いつの日か、人々は「ミャンマーの春」のヒーローたちについて調べ、高潔さがどんな風にしてその真価を現すか学ぶだろう。ニーニーが撃たれて負傷し担架で運ばれた時でも彼は抵抗のシンボルの3本の指を高々と掲げたのである。人々が掲げた3本の指は邪悪なる奴らを打ちまかしたのだ。

「万事うまくいく」チェースィンのTシャツにはそうプリントされていた。彼女は解放の願いを込めてそのTシャツを着ていたに違いない。もしかたら、自分が撃たれた時、どんなTシャツがその一瞬にふさわしいだろうかという疑問が、彼女の脳裏をよぎったかもしれない。高潔な者たちは武器を持たないのだ。

その代わりに、彼らには自ら選び取る決断がある。時には、一瞬の刹那のうちに下されることもあるだろうが。

高潔な者たちは美しさと完璧さで飾られる。邪悪な奴らはそのような資質を持たないゆえに高潔な者を憎む。それこそが軍靴で人々を蹴っ飛ばす理由なのだ。奴らは人々を棍棒で殴る。奴らは人々を銃撃して殺す。しかし誰かが殺されるたびに国軍が勝ったと考えることは荒唐無稽だ。

邪悪な奴らが殺人技術を磨いたとて高潔な者たちのメッセージは世界を駆け巡る。チェースィンのTシャツにプリントされていたメッセージだ。ニーニーの掲げた3本指に託されていたメッセージだ。このメッセージはさらに遠くへさらに広く伝わり続けるだろう。一瞬たりとも邪悪な奴らが勝ったとは思わぬことだ。

ガバ　Nga Ba　大崎清夏

春
Spring

春は、捕まえられて、
つばめへと変わった。
つばめは、収監されて、
喧騒へと変わった。
喧騒は、黙らされて、
光景へと変わった。
光景は、隠蔽されて、

瞳へと変わった。
瞳は、閉じることを強いられて、
夢へと変わった。

夢は、否定されて、
地図へと変わった。

地図は、破壊されて、
思い出へと変わった。

思い出は、削除されて、
道へと変わった。

道は、封鎖されて、
補助脚へと変わった。

脚は、打ち砕かれて、

翼へと変わった。
翼は、留められて、
そよ風へと変わった。

そよ風は、拘束されて、
嵐へと変わった。

嵐は、投獄されて、
１００万の子どもたちを産みつけた。

その子どもたちは私たちの
吸気と呼気——

私たちの鼻孔を出入りする
つばめたち——

私たちの春

インクンル　Nhkum Lu　　吉川 凪

シスター・ヌータウン――日々の愛から生まれた、とてつもない勇気

Sister Nu Tawng: Extraordinary courage out of everyday kindness

とてつもない勇気

彼女はどこにでもいるような普通の女性だ。しかし、2月にミッチーナーで起こった反クーデター抗議デモの時に示した無私の犠牲と勇気は、彼女をミャンマーおよび世界中にヒロインとして印象づけた。

彼女の名前はシスター・アン・ローズ・ヌータウン。中国に近い北シャン州の小さな村で13人きょうだいの5番目として生まれたカチン族のカトリック修道女だ。私が、なぜ他の人のために自分の命を危険にさらそうと思ったのかと尋ねたところ、彼女は、自分の心が命じるままにした、あの時はああするのが正しかったと言った。その日、何が起こったのかをお話ししよう。

2021年2月28日は日曜日で、シスターはいつものように朝早くマリギンダイン診療所に

到着し、緊急な手当てを必要とする患者がいないかをチェックした。日によっては朝一番にトイレを掃除したり、床にモップをかけたり、ゴミを出したりすることもある。

昼頃、いつものように患者の世話をしていると、若者たちが駆け込んできて、かくまってくれと言った。彼女は何が起こっているのか、自分で外に出て確かめることにした。

診療所の外の通りはカオスだった。若い人たちが治安部隊に追いかけられていたのだ。彼らは恐怖で青ざめ、泣きながら走ったり、叫んだりしていた。道端で気絶している人すらいて、すべてが混乱していた。シスターは自分が戦闘地域にいることを知った。人々は警官に殴られており、銃声も聞こえた。

シスターはひどくショックを受けたけれど、若者たちを守るために、暴力を振るっている人たちに向かって歩いていった。逃げてはいけないと自分に言い聞かせながら。人々を守り、救出しなければ。自分のことなど構っていられなかった。

彼女は残虐な治安部隊に泣きながら懇願した。どうかこの人たちを帰らせてあげてください、平和的なデモをしただけなんです。しばらくして状況は落ち着き、警察とデモ隊が別れると、彼女は再び警官の前で道路にひざまずき、この若い人たちを殴らないでくれと懇願した。

シスターが警官の前で、カトリック修道女がよくやる仕草で両腕を広げ、ひざまずいて懇願している場面はデモ参加者の一人によってスマホで撮影され、瞬く間に拡散した。しかし話にはまだ続きがある。

3月8日、シスターはまた同じ状況に遭遇した。外が騒がしいのでクリニックの仕事を中断して外に出たのだが、今度は通りの角にある大きな木の後ろに隠れて状況を観察した。

そして武装警官の一団がデモ隊に向かって突進するのを見ると駆けだして警官たちの前にひざまずき、どうか若い人たちを傷つけないでくれ、このまま家に帰らせてやってくれと懇願した。シスターが再びそんな行動を取ったのを見て、誰もが驚いた。

しかし今回は一人ではなかった。彼女に鼓舞された一人の僧侶が加勢したのだ。仏教徒らしい警官たちが、僧侶と修道女の前にひざまずいた。彼らは二人に道を空けるよう忠告し、自分たちはどんなことをしてでもデモ隊を止めるよう命令されているのだと言ったけれど、シスターは、行くならまず自分を殺してくれと言って拒んだ。警察は、そこをどけ、聞かなければ彼女の命が危険になると警告した。その午後、治安部隊は少なくとも二人のデモ参加者を射殺した。

そのことがあってから、シスターにマスコミのインタビュー依頼が殺到した。ほかの修道女たちは、あなたの命が危険になるかもしれないから、警察と対峙したことや、敏感な問題については黙っていろと注意したけれど、シスターは、私のことは心配するな、もし私が死んでも泣いてはいけないと答えた。

彼女は人々、特にミャンマー北部のカチン族の人たちが軍事政権下でとても苦しんでいることを世界に知らせたいと願った。自分の命を懸けてでも真実を知らせたい。シスターは言った。

「もし私が死を恐れていたなら、警察の前にひざまずくためにわざわざ外に出たりはしなかったでしょう」

日々の愛

世界中の人が、シスターが2月28日と3月8日に示した勇気を素晴らしいと思ったが、私は彼女がそれまで行ってきた人道的な奉仕について知り、いっそう彼女を尊敬するようになった。

クーデターが起こった最初の週に、ミャンマーの医療関係者はCDM（市民的不服従運動）に参加して政府系の病院を去った。病院が不足しているので、マリギンダイン診療所は毎日大勢の患者を受け入れなければならなかった。特に妊産婦の数が増えた。

診療所は日曜休診だったが、毎日診療した。民間の病院で治療を受けるお金のない人たちがやってきた。診療所はあらゆる宗教と民族の患者を受け入れた。貧しい人はただで治療したけれど、治療費の払える患者には施設やスタッフの給料を維持するために、できる限り協力してほしいと要請した。

シスターが初めてお産の手伝いをしたのは、前日にミッチーナーで射殺された二人の青年のためにカトリック教会で夜の祈祷会が開かれた3月9日だった。産婦はその夕方、診療所に来た。シスターは自分の宿舎に帰る前に彼女のためにいくつかの準備をしておいた。

深夜、彼女は診療所からその女性が破水した、お産を手伝ってくれという電話を受けた。通りでは警察官や兵士が夕方の祈祷会を監視していた。

シスターは隣家の裏口から出て、迂回して診療所に行った。警察に気づかれないようスマホのライトすら使わなかった。彼女は苦労の末に診療所に着き、分娩を助けるのに成功した。

診療所は病床が不足していたので、シスターが分娩を手伝った女性は、頭を撃たれた若者が前の日に死んだベッドに寝ていた。勇敢な青年がこの世に別れを告げてまだ24時間も経っていないのに、同じベッドに新生児が寝かされたのだ。「その時、私たちがなぜ生きてここにいるのかについて考えさせられました」とシスターは述懐する。彼女が手を洗う頃には、宿舎に帰るには遅い時間になっており、警察はまだ通りにいた。そのため診療所に泊まることにした。

シスター・ヌータウンは２０２１年時点で修道女になって約16年になる。人道的な難局は何度も経験してきた。愛の精神は２００８年のサイクロン・ナルギスの時、エーヤーワディー・デルタ（旧称イラワディー）でボランティア活動をした時に育まれた。サイクロンのわずか３日後、シスターのチームは最も早く被害の大きい地域に到着し、災害によって暮らしを破壊され生計の手段を失った人たちを最初に助けた。

彼女は多数の死体が海に流れていたのを覚えている。そのサイクロンでは約10万人の人が死んだ。彼らは地域の人たちを助けるためにできる限りのことをした。ある時、新生児をくるむ清潔な布がなかった。シスターは自分の白い修道服は血に染まり、ずっと働いて汗も染みていたので、あるカトリックの神父にロンジー[注]をくれと頼んだ。

シスターは長年の間、カチン州の国内避難民（IDPs：Internally Displaced Persons）のために働いてきた。彼女は戦争による混血孤児、レイプや性暴力の被害者、人によって引き起こされるあらゆる種類のトラウマや戦争による悲劇を見て、社会心理的援助が必要だと思った。２０２１

年に新型コロナの第3波がミャンマーを襲った時、彼女はマリギンダイン診療所で毎日防護服を着て働いた。

「困難や難問があっても私たちが自由という価値あるものを得たいなら、一生懸命働いて犠牲を払わねばなりません。それが死や、拷問や、逮捕を意味するとしても。もし私たちが声を上げず、隠れるなら（…）私たちは勇気がないという理由で軍事政権下の生活に戻らなければならないのです。それは後退であり、私たちは抑圧され続けるでしょう」と彼女は言う。私は長年献身的に人道的な仕事をしてきたことが、彼女を今日のような、人々の幸福のために決断できる、強く勇敢な修道女にしたのだと信じている。

ここで私は、ミャンマーの春の革命に参加したすべての方々に敬意を払いたいと思います。もしあなたが自由を守るために通りに出ていたなら、私にとってあなたはヒーローあるいはヒロインです。

春の革命に参加した、その他おおぜいのヒーローやヒロインにも感謝しなければなりません。食べ物を提供した露店の商人、弁当や水やジュース、顔を覆う布を若者たちに渡した人、デモ隊が通る時に拍手をした人、鍋やフライパンをたたいて抗議の意を表した人。

あなたがた一人一人の援助や参加がなければ、私たちはミャンマーの自由を守るためにここまで来ることはできませんでした。私は、私たちが自由のために戦い続け、あらゆる場所で声を上げ続けることを望んでいます。私たちは勝利できます。この戦いは、少数民族を含む私たちミャンマー人のためのものです。抵抗の挨拶として、3本の指を立て続けましょう。

訳注　ロンジー：布を筒状に縫った、ロングスカートのような伝統衣装。男女ともに着用する。

ニンジャーコーン　Ningja Khon　三宅勇介

マイ・ストーリー
My story

クーデター

２０２１年の１月の第１週、ミャンマーでクーデターが起きるのではないかという巷の噂に応えるように人々は、ソーシャル・メディアで軍のトップのミンアウンフラインを嘲笑し始めた。また、多くの少女たちはこのように投稿した、「代わりに私を逮捕して」と。２０２０年の11月に選挙が行われるまでは、国軍が選挙を妨害するのではないかという懸念があった。しかし年明けには、クーデターの噂をまともに受け取るものは誰もいなかった。憲法上に規定されている権限でも実際の武力でも文民政府に勝る国軍が、なぜクーデターなどを必要とするのか？という訳である。結局のところ、国軍とその取り巻きたちは、過去30年に亘って蓄積してきた富を含めて、数えきれない特権を享受して来たのであるから。

私が朝起きて携帯電話のスイッチを入れるやいなや、グループチャットに国軍のクーデターに関するメッセージが現れた。私は目を疑った。すぐに信頼できそうなニュースをチェックした。そして、カレン州首相が、西側メディアへのインタビューのさなかに逮捕されたことを知った。国軍が以前の地位に返り咲こうとしていると警告して、周囲の顰蹙を買っていた人たちが、結局は正しかったことが立証されたのである。それでもほとんどの人々は、過去10年間、市民社会のステークホルダーとして私たちが築き上げてきたありとあらゆる成果を、軍のトップたちが台無しにしてしまったことに気づくまで数日間かかったのだ。

私は国際NGO団体（INGO）で働いていた。スタッフメンバーとその身の安全とデータの保全が、クーデター後の最優先事項となった。私たちはパソコンや携帯電話から、軍に知られては危険なデータを除去しなければならなかった。突如として、人権侵害報告書を保管していること自体が私たち全員の身を脅かすこととなったのだ。一部の書類は焼却した。VPNをコンピュータにインストールしたり、eメールソフトやラップトップをよりセキュリティの高いものに取り替えた。2月中旬から、スタッフメンバーはラップトップやオフィスのパソコンの使用を控えることになった。外部との通信には、「Signal」のようなセキュリティの高いアプリを使用した。

それから私たちはミャンマーを救うための重要かつ危険な任務を開始した、つまり国軍により追放された議員のメンバー（CRPH「連邦議会代表委員会」のメンバー）や民主化のリーダーたちと連絡を取ったのだ。クーデターの数日後には、瀕死の状態にあった抵抗運動団体への財政的、技術的な支援体制ができていた。

抗議運動

ヤンゴンに居る民主化運動のリーダーに運動資金を配るために、自分のアパートに現金を取りに戻るのは危険だということは知っていた。2月の数週間と3月初旬にかけて、ヤンゴンとその周辺の、以前政治犯たちが住んでいた家々を隠れ家としてあてがわれた。私は2日続けて同じ場所で夜を過ごすことなく移動し続けた。日を追うにつれて、ヤンゴン周辺にとどまることが難しくなって来た。通りの至る所で、土嚢や様々な障害物による道路封鎖が始まっていた。放火魔も至る所に居た。たとえ、法外な値段を払うとしてもタクシーを拾うことは極端に難しくなった。

2月の2週目から日の出から夜11時まで毎日デモが行われ、毎晩8時に鍋やフライパンが打ち鳴らされた。何十万もの人々とともに、私はたいてい、ダウンタウンのスーレーパゴダ近くで行われた、夜の抵抗運動に参加し時には日中にも参加した。車を持っていなかったので、ヤンゴンまで出かけることは大変だった。一度など、普段なら90分しかかからない場所に行くために、ゲストハウスで一夜を過ごさなければならないこともあった。至る所で、軍の検問所から撃ち放たれる銃声が鳴り響いていた。

私は数週間、ヤンゴン郊外の様々な場所で寝泊まりした。こっそりと自分のアパートに戻ることもあった。というのも、私は6歳の姪と10歳の甥の面倒を見ていたのだが、今は私の姉がひとりで預かってくれていたのだ。姉が何かの用で外出してしまうと、ふたりは近所から聴こえてくる発砲や爆発の音に怯えながら留守番をすることになる。姪は電話してきて、お願い、戻ってきて、と云った。そう云われると断れなかった。そこで、時々アパートに戻っては子供たちと一緒に夜を過ごした。同僚の家は何度も国軍に押し入れられたが、私のアパートにはもう誰も住んでいなかったので軍事政府の探知網に引っかからなかったのだ。

呼び出し

2月の最終週、仲間の組織からの内報を受けて、自分の個人的な持ち物を回収するために二度とは来ないであろうオフィスに行った。オフィスには危険が押し寄せている気配があった。窓から外を眺めた。それが最後の見納めだったが、私のデスクからみる景色は相変わらず素晴らしかった。湖と公園が見えた。私は自分のデスクが好きだった、とりわけモンスーンの季節には。長い報告書をタイプするのに没頭したり、雨粒が目の前の大きなガラス窓を伝い落ちてゆく様やその音を楽しんだり、デスクで仕事をするのは楽しかった。オフィスを訪れたあと、身の安全のためにほかの場所へ移った。私は腰まで伸ばしていた髪を切ることにした。2020年の3月以降、コロナ禍の外出制限のために美容院に行けていなかったのだ。

ある日、3月の第2週のことだったが、ヤンゴン郊外に潜伏している時、同僚からSignalのアプリで通話の呼び出しがあった。彼女とは、数日間連絡が取れていなかった。皆、彼女のことを心配していたのだ。だから彼女の声を聞いた時は嬉しかった。私たちはいつも通りにチャットし始めたのだが、やがて彼女が妙なことを訊き始めた。

「予定通り支援金は配り終わった？」

私は答えた、

「もちろん」

すると彼女は詳細について探りをいれるような質問を続けた。

「あなたが管理していた金額はこんな感じでこれぐらいの金額だよね、違う？」

私はピンときた。なぜ彼女は知っているはずの質問をするのか？　私はすでにオフィスの経理担当に報告書を提出していた。彼女とのチャットの後、私はすぐさま今しがたの会話を仲間たちに報告した。彼女が軍の尋問本部に命じられて、私と通話するように無理強いされたに違いない、と警告したのだ。

この一件の後、私たちのグループチャットは削除された。今や、私たちはあらかじめ定められたセキュリティ・スタッフを通じてしか連絡を取り合わない。オフィスの外ではスタッフ同士が直接電話で話すことは厳禁だった。そうしなければ、誰かひとりでも逮捕されたら、軍が通話記録を辿って私たちを一網打尽にしてしまうからだ。それからの1ヶ月間、私は他の同僚の安否を知る由もなかった。海外に居るセキュリティ・スタッフに訊ねることもできたが、彼らだって全てを打ち明けてくれるわけではなかった。

手入れ

私たちのオフィスはヤンゴンのビジネス街の高層ビルにあった。そのビルは国際的なショピングモールをテナントに持つビルとしては、ミャンマーで最初のものだった。そこではなんでも手に入った。銀行、外国のブランド商品を売る店、大型スーパーマーケット、デパート、地元や外国の食べ物や飲み物、すべてがあった。私たちのオフィスは10階にあり、他に銀行を含む3つの営利団体が入っていた。ビルのセキュリティはしっかりしていた。監視カメラが至る所にあった。訪問者が入館するには、受付で身分証明書を提示しなければならなかった。

当局の手入れが私たちのオフィスに入ったのは、私が同僚から不審な電話を受けてから数日後の3月10日の夜だったそうだ。兵士たちがオフィスビルに入って行くのを目撃した人々は、10階の銀行に強盗が押し入って行くのかと思ったらしい。ビルの守衛たちは、手入れについて誰にも報告できないように携帯電話を奪われた後、銃口を向けられてひざまずくしかなかった。兵士たちは、ビルに侵入する前に監視カメラのスイッチを切ることを命じた。仲間の何人かは、ミャンマーの民主化を取り戻すべく夜遅くまでオフィスに残って仕事をしていたが、それもこの日でおしまいだった。国軍は、この後も3回以上も私たちのオフィスを捜索した。

3月16日、ミャンマー・ラジオ・テレビ局（MRTV）は、私たちのスタッフ9人と幹部ふたりに、反クーデター運動を財政的に支援した疑いで逮捕状が出されたことを報じた。そのリストに記された私の名前のビルマ語の綴りは間違っていた。4月に、この件に関する追加の一報の時にはスペルが修正されていた。しかしながら、当局はまだカチン州にある私の故郷を掴みきれていなかった。彼らは、私の名前の横に私の故郷とは関係のないカチンの村の名前を載せていた。当局が私の詳しい情報を持っていないことに、私はほっと胸をなでおろした。

西の国境

さらに日を追うにつれ、隠れ家から隠れ家へ移動し続けることが困難になって来た。例の同僚からの不審な電話以来、私は軍が隠れ家について知っているかもしれないと思っていた。そこで、どこかもっと安全な場所を探し始めた。そんな時、一部の西側の大使館が、2月中旬以来、何人かの反体制活動家を匿っているという話を聞いた。

私はキャンベラで修士号を取得していたので、オーストラリア大使館のことがまっさきに頭に浮かんだ。大使館に4、5回電話をかけたが、そのたびにいまは空いている場所がないので、後でまた連絡するようにと云われた。そこをなんとかならないでしょうかと必死で頼んでみたが、無駄だった。コネのある友人を頼って、直接オーストラリア大使館を訪問してみると、今度ははっきりとあなたにはいかなる保護も提供できないと告げられた。そこで友人はアメリカ大使館にあたってみてくれた。するとヤンゴン郊外にある隠れ家に行けばなんとかなるかもしれないとのことだった。苦労してそこまで辿り着いたところ、受付の人はその部屋はもう埋ってしまったと云うではないか。

私は絶望に包まれた。旅行かばんを引きずってはいるものの、どこに行くあてもないのであった。近くのホテルに当たってみたが、フロントでは必ず身分証明書を提示しなければならないのだ。ホテル側が宿泊者名簿を当局に提出するきまりなのだった。身分証明書を提示できないが故に、どこのホテルでも相手にされず、重たい気持ちで歩き続けるほかなかった。すると幸運なことに、拾ったタクシーの運転手が、自分のいとこがフロントで働いているホテルがあるという。すぐさま、そのホテルにチェックインすると、携帯電話の新しいＳＩＭカードを使わないといけないと思った。私は古いＳＩＭカードを噛み砕いてトイレに流した。そしてヤンゴンの抵抗運動組織の人から貰った、タイ製のＳＩＭカードを携帯電話に入れた。タイ製のＳＩＭカードはとても流行っていた、なぜなら、ミャンマーで当局によりインターネットの使用が妨害されてもこのＳＩＭカードを使えばインターネットに接続できたので。私たちは、長くても1週間ごとにＳＩＭカードを交換していた。軍事政府が、携帯電話会社の腕をひねり上げて監視用のデータスパイソフトを使っているのを知っていたからだ。

逃亡生活を送っている間は、四六時中神経の休まることがなかった。常にどうすれば安全でいられるかを考え続けていたのだ。2月中旬以降、夜も眠ることができなくなった。もし軍の捜査隊が扉を蹴破って部屋に入ってきたらどうしようかと、自問自答していた。たいてい、日が昇ってからの朝6時ごろにやっと眠りにつくのだ。ある夜私はついに、どこか遠く離れた場所に逃げることを決意した、どこか安全で長い間居続けることができる場所へ。

3月の第3週、チン州のインドとの国境に近いカレーという町へとバスで向かった。ヤンゴンから北西450マイルに位置するミャンマー西部の町で、友達が安全な場所として薦めてくれたのだ。カレーならば、もし何か起こっても簡単に国境を越えることができそうだった。しかし町に到着してみると、町民たちの間には軍に対する不穏な空気が漂っていた。彼らは、軍のトラックを町に入れないように、幹線道路に焚き火を起こし、土嚢を並べて封鎖していた。

国軍の兵士は毎朝バリケードを撤去するのだが、毎晩また町民たちは新しいバリケードを作ってしまうのだ。夜になると、自警団の若者グループが割り当てられた場所の見張りをした。一晩中犬が吠え立てて、私はここでもやはり寝ることができなかった。私の聴覚は研ぎ澄まされてた。部屋にいても自警団が見回りを始めるやいなやその足音が聴こえてしまうのだ。住民リストをチェックするために、当局の者たちがやってきたらどこに逃げたら良いのか？　同じ敷地内の建設現場に隠れることができるかもしれない。建設中の建物の一番高い屋根に登って工事用の梯子を外してしまうのだ。人が聞いたら笑い出しそうなことを真剣に考えてしまうのだった。

カレーの町では、私の料理上手なことが役立った。私は市場で買い物をし、私をかくまってくれている家族のために昼食と晩ご飯を作った。携帯電話やインターネットは使わなかった。オフィスとも連絡を取らなかった。友人たちは、国営メディアが報じた逮捕状リストに私の名前があるのを見てとても心配していた。母親とも、直接電話で話すことはできなかった。家族に電話するときは、他人の携帯電話を使わせてもらった。

カレーの町で、全く新しい身分になりすましてしまうことも考えた。そこで知人を通じて、カレーの出入管理局の役人に、新しい身分証明書をカソリック・ネームで発行できないかと訊いてみた。その役人は、正直そうな人だったが私のリクエストを却下した。そこで、今までの経歴を全部変えてしまうことを考えた。私は精神的に追い詰められていた。

新しい、小さな事業を始めたらどうだろう？　まず、カレーで地元の生産物を買う。それを気の利いたパッケージに包んでヤンゴンに出荷するのだ。何かに没頭して忙しさにかまけていたかった。そうしていないと気が変になりそうだった。地元の市場に行って、ヤンゴンで売れそうなものを探した。何かアイデアがないかと、オーストラリアに食品雑貨店を持っている友達に写真を撮って送ったりした。カレーの町に、食品物を包装できる倉庫を建てて小売業のビジネスを行うことを想像しているときは気が紛れた。

4月の初旬には、クーデターに対する抗議運動は、ミャンマー全土で烈しさを増した。カレーでは、町民が猟銃や手作りのマスケット銃で軍に抵抗していた。3月以降は、毎日のようにデモ参加者が殺されていた。4月7日だけで、軍隊は11人もの抗議者を殺し多数の市民を負傷させた。死者のひとりは、クークーという女性だった。「正義を求める女性」という団体の活動で私も面識があった。彼女の葬儀に出席しようとしたが、軍は彼女の遺体を別の町に移送してしまっていた。

4月9日、私たちの顔写真が、更新された逮捕状リストとともにMRTVと国有の新聞に載せられた。久しぶりにネットが繋がって、オフィスの仲間が教えてくれたのだ。友人が、ウェブのリンクとニュース記事に載っている顔写真を送ってくれた。数日後、国軍が毎夜戸別訪問を行い、私のようなお尋ねものを捜索しているという噂が流れた。私は、かくまってくれている家族のことが心配でたまらなかった。もし彼らの家で私が捕まったら彼らもまたトラブルに巻き込まれてしまう。そこで、また移動することにした。芽生え始めたビジネスの夢は諦めた。最初、国境を越えてインドに入ってしまおうかとも考えたが、インド政府のミャンマーに対する姿勢が私を萎えさせた。代わりにタイとミャンマーの国境に行くことにした。私たちの組織は、以前タイの人権団体と、数年間にわたって協力しあったことがあったのだ。

カレーからヤンゴンへの移動も一苦労だった。地元の抵抗闘争者たち、人民防衛隊（People's Defense Force、略称PDF）が、いくつかの橋を破壊し、倒木であちこちの道路を封鎖していたのだ。私が乗ったバスの運転手が、急峻な崖道のルートへの迂回を余儀なくされたため、私たちは川岸で何時間も過ごすことになった。至る所にある軍の検問所で止められることはもっと怖いことだった。私は普段、滅多に祈ることがないのだが、この旅の間だけは軍の検問所が近づくたび必死で祈っていた。多分その祈りが届いたのだろう、無事にヤンゴンに到着できたのである。

東の国境

ヤンゴンに着くやいなや、私はオフィスのセキュリティ担当者と接触を図った。タイの国境近くにいる友人たちには、もうすぐそちらに合流する旨を送った。私は髪型をまた変えた。

4月11日、何人かの活動家とともに、東の国境に向けてバスでヤンゴンを出発した。何日か前には、バゴウで銃撃による大量虐殺があった。少なくとも、60人もの人々が殺されたと報じられたが、実際の死傷者はもっと多いらしい。検問所での検査はとても厳しかった。彼らは徹底的な所持品検査をした。私は、偽の身分証明者と3着の服と少しの現金だけで身軽に移動していた。兵士は私たちの顔を身分証明書と比べてじっくりとチェックしていたが、バスの運転手が、検問所の兵士たちと顔見知りだった。私たちが、4月17日のティンジャンの新年の祭り(タイで言うところのソンクラーン)に行くところだというと、彼らはそんなに多くの質問をしなかった。そして、本当に幸運なことに、ヤンゴンの100マイル南東に位置するカレン州の首都の町、パアンまで全ての検問所を通過することができたのである。

パアンに着くと、私たちは抵抗運動のグループの活動家と、ショッピング・モールの駐車場で待ち合わせた。彼は私たちの身なりが格好良すぎるとなじった。彼は、私たちに地元の人に溶け込むような服装をして欲しかったのだ。私が着ていたのは長袖の上着で、ちっともファッショナブルではなかったのだが。彼によれば、私のシャツが目立ち過ぎるのだった。まるで、私たちが地元の少女たちのファッショントレンドを知っていて当然といわんばかりの口調だった。それでも彼は親切で、私たちを無事国境近くの宿泊所まで送り届けてくれた。私たちはそこで頼りになる活動家たちの歓迎を受けた。

国境を越えるのに都合の良い日を待った。私たちのように国境を越えるために待っているほかの活動家も何人かいた。宿泊先の主人が、国境を越えてタイに定期的に出稼ぎに出かける地元の農民のような格好をしたらどうかと提案した。そんなわけで使い古した服が必要になった。私は部屋でサイズの大きい上下のパジャマを見つけた、前にこの部屋にいた活動家が残して行ったものであろう。それから3日待って、私たちはタイとミャンマーの国境にあるモエイ川の土手に降ろされた。ふたりの若い男が、タイ側に導いてくれた。バッグと所持品はぜんぶ隠れ家に残してきた。支援者たちが、現金や身分証明書のような重要なもの以外持って行くな、と言ったからだ。私はパジャマ姿で財布を握りしめていた。

時刻は正午、タイ国境警備員の昼休みで、国境を越えるタイミングとしては最適だった。川を歩いて渡らなければならない、と聞いたときにはぞっとした。泳げなかったのである。川は緩やかで静かに見えたが、同時にとても深くも見えた。幸運なことに、前をゆく政治犯の人が手を貸してくれた。川を渡っている間はずっと、私は彼の腕にぶら下がっていて、一度も川床に足をつけることはなかった。

向こう岸に着いたとき、私たちは皆びしょ濡れであったが、まだ何マイルも歩かなければならなかった。サトウキビ農場や、とうもろこし農場、たくさんの野菜農場、いくつかのぬかるんだ池などを横切って行った。私たちの前をふたりの若い男が先導し、ひとりはいつも前方のルートをチェックし、「危険なし」の合図を皆に送ると前へ進めと促した。ガイドが、「走れ!」と言えば、皆走った。「隠れろ!」と言えば、皆隠れた。とある場所で、私たちは藪に潜みながら、ガイドの「危険なし」の合図を待っていた。私は自身が本当の難民になってしまったかのように感じていたが、しかし、私は戦争や紛争からの本当の難民の脱出について、その実何も知らなかったのであった。何人かの男たちは、偽装のために人夫が持つような道具を持ってきていた。ある著名な人権活動家は、肩から木炭を入れた袋をぶら下げていたが、どこから見ても土地の人夫そのものだった。

私は小さな買物袋しか持っていなかったが、真昼の日射にやられて疲れと喉の渇きが酷かった。どこか木陰で休みたいと思った。家に帰りたかった。このような形で逃亡したくなかった。もうどこにも行きたくなかった。プライドや威厳などは失ってしまったようだった。知らない人の前で、パジャマ姿でいることが恥ずかしかった。私は今までの人生において家の外でパジャマを着たことなどなかったのだ。タイの国境警備隊に、ぶざまなパジャマ姿で捕まるなんて考えただけでおぞましかった。もし彼らに捕まって、留置所にぶち込まれ写真など撮られようものなら。タイに来たことは間違いだったような気がしてきた。誰にも見られないように私はこっそりシクシクと泣いたのだ。

農場を横切る長い歩行の後、待ち合わせ場所のテントで待機した。1時間かそこらすると、何台かの車が到着した。すぐに車に乗り込んで、タイ国境の町、メーソートを一路目指した。その夜は、数ヶ月ぶりにぐっすりと眠ることができた。それでも夜中に何回か目を覚まし、自分にこう言い聞かせなければならなかった。「大丈夫、今は安全な場所にいる。誰もドアをノックしない。安心して眠れるんだ。」

そこでは、私を助けてくれるとても優しい人々と出会うことができた。生きている限り、彼らの親切を決して忘れることはないだろう。私たちがタイに移動するために協力してくれたのは、なんと27人の個人と9つの組織であった。その27人の何人かは、人権団体や軍への抵抗組織に所属していた。私たちを国境越えさせてくれた人々は、地元の自治体から来てくれた。タイの情報機関、オフィスの支部、私たちのセキュリティ会社、タイとミャンマーのアメリカ大使館、彼らの誰もが私たちの救出を調整してくれたに違いない。タイに入ったあとの私たちの世話をしてくれたのは、国連難民高等弁務官事務所（UNHCR）だった。

第三の国

２０２１年の５月半ばごろには、夜中に目覚めて、自分が一体どこにいるのだろうか、などと考えることなく、ぐっすりと眠れるようになった。その１ヶ月後、私の組織や、そのほかの団体の助けで、私は今、アメリカ合衆国にいる。（第二の国はタイランドだったわけだが）UNHCRが「第三の国」と呼ぶアメリカ合衆国にいる。１年間の「臨時入国ビザ」を与えられた。１年経ったら、もう１年延長できることになっている。私たちは、社会保証番号は与えられず公式には働くことができない。銀行口座を持つことも自動車免許を取ることも不可能だ。

今の私の生活は受け入れ先のコミュニティに依存している。人々が、お米、野菜、肉やそのほか必要なものを持ち寄ってくれた。ヤンゴンを去ったとき、１０００USドルを持っていたが、アメリカ合衆国に着いた時には、４５０USドルに減っていた。様々な組織や慈善団体のお世話になった。ようやく２ヶ月後に、担当のケースワーカーのおかげで地元の銀行に口座を開くことができた。しかし、その銀行はオンラインのバンキング・サービスを持っていなかった。私は直接銀行まで行ってお金を預けたり、引き出さなければならなかった。自動車免許を持っていなかったので、いつも誰かの車に乗せて貰わなければならなかった。私は自立した人間として生きて来たし、だれかのお情けに縋りたくはない。食料などの生活必需品やプライベートな必要品について、他人に頼りきりになってしまうのはとても辛いことだった。

今回のクーデターが起こる前から、投獄されることだけは絶対にいやだと思っていた。もし刑務所に入ったら、何をされることになるか分かっていたのだ。私は政治犯だった人たちと働く機会があったし、その中には女性もいた。彼女たちは私にどうやって刑務所生活を生き延びてきたかを語ってくれた。私だったら到底生き延びることができないだろう。逃亡している限り、私の国をよりよくできる道を見つけられるかもしれない。クーデターの後に学んだことは、国内で逃げていれば遅かれ早かれ捕まってしまうということだ。さらに、私をかくまってくれるホストたちをも危険に晒すことになる。結局、私が精神的にも肉体的にも安全を感じることができる場所はミャンマー国内にはないのだ、ということを認めざるを得なかった。

将来？

祖国から逃げることで肉体的な危害や迫害は避けることができるかもしれない。でも逃亡を開始したその日から、私が抱えなければならなかった精神的なトラウマを克服できるだろうか？　ある人は私のフェイスブックにこんな中傷を書き込んだ、「自分だけが幸せだったらそれでいいのかい？　そっちの国で市民権をもらって、こっちのみんなのことはあっさり見捨てて、我が身可愛さだけで生きてゆくのだな」。またある人はこう言った、「なぜ逃亡しなけりゃならないんだい？　たかが軍のクーデターじゃないか。そんなに遠くに行く必要があるのかい？」このようなメッセージは私を深く傷つけた。

確かに私は今、安全であるけども、２０２１年の２月以前のように幸せではない。かつてのように活動的でもなくなった。ただ寝て日々を過ごしている。でなければ、映画を観ることに耽る。ニュースには興味がなくなってしまった。苦しんでいる人々のビデオ映像を観ることが私を苦痛を引き起こすのだ。普通に楽しんでしていたことを避けるようになった。すぐにイライラしてしまう。気がつけば、私が買ったアパート、私の部屋、私の机、まだ読み終わってない本、母親、家族、おしゃべりな姪、友達、私の服、私の化粧品、私の伝統的カチンのドレス、いつも食べ物を注文していたレストラン、などのことを想っている。私が愛していたもののすべては失われてしまった。私は、自分がアメリカ合衆国の良き市民であることを証明するために、社会的地位、職業、クレジットカードの信用情報などをすべて一から作らなければならないのだ。

アマゾンの倉庫で働いてみたら、と何人かの人がアドバイスしてくれた。しかし、アマゾンの倉庫で、私にいったい何をしろというのだ？　私の過去の経験はアマゾンとは何の関係もないものだ。ミャンマーで、より良く公平な社会のために働いてきた。もしアマゾンで働いたら、世界で最も裕福な男のために働くことになってしまう。私が働いていた団体は、全てにおいて私を支援し続けてくれている。私の個人的な財産に関する面倒な法律的書類の処理も含めて。そこまでしてもらってはいけないのではないかとも思う。何よりも心配なのは、私のビザが臨時の不安定なものであることだ。今、やっと私にもビザを持たない移民の人生の大変さがわかった。ミャンマーや他の国々で、法的な地位を求めて戦ってきたロヒンギャの人たちの苦労は推して知るべしだろう。

今の私には、自分のメンタル・ヘルスをどのように保っていいかが分からない。カウンセラーと喋って、ストレスと「生存者の罪悪感」に基づく悲観的な考えを和らげたら、と助言してくれる人もいる。

ホストファミリーは私を安心させようとこう言ってくれる、「さあ、新しい人生を始めよう。あなたは英語ができるし教育もある。しばらくすれば良くなるさ。」

しかしまだ、アメリカ合衆国で生きて行くことと、祖国に対する私の理想とを、引き換えにしていいものか私には踏ん切りがつかない。罪悪感とはうまくやって行くしかない。遅かれ早かれ私は活力を取り戻すだろう。その時には、私は絶対に元の仕事に戻るつもりだ、ミャンマーの人々のための仕事に。

ナンダー　Nandar　三宅勇介

覚めることのできない悪夢

A nightmare you can't wake up from

私は、ミャンマーの北にある、シャン州の村の保守的なネパール人の家庭に生まれた。「女の子だから」という理由だけで、できることとできないことを決めつけられてしまうような環境だった。

「どうしてご飯を作るお手伝いをしなけりゃならないの？」「女の子だから」「どうして男の子たちと遊んじゃダメなの？」「女の子だから」

そんな訳で、私はいろんな疑問を胸に抱え込んだまま育ったのだった。例えば、なぜ男の兄弟はお皿を洗わなくて良いのか？　どうして月経の間、寺院に行っちゃいけないのか？　なぜ、夜6時以降、出かけちゃいけないのか？

村の少女たちの例に漏れず、私もいずれ結婚して、子供を産み、夫の世話をするのが人生の目的だと思っていた。どこかで聞いたことがあるが、魚を水槽に入れると、その水槽の大きさに合わせてしか魚は成長できないそうだが、もし大海に放つと魚は本来の大きさまで自由に成長できるそうだ。私たちの脳にも同じことが言えるかもしれない。

私たちの脳は魚みたいなものだ。子供たちが箱の中に押し込められているような不寛容な社会に生きていれば、その箱に収まるような考え方しかできなくなるだろう。水槽の中の魚のように、私は私が育った社会に適応しようと努力した。良い少女になるために必要とされることはなんでもした。実際には大人たちは私をとても不幸にしていたのだが。

2014年に奨学金を得たことで、私の人生と目標はがらりと変わった。ある社会科学の講座を通して、社会的に条件づけられた生き方だけがすべてではないということを、私は生まれて初めて学んだのだった。生まれながらにして私たちには人権があり、何人たりとも、（政府であろうとも、家族であろうとも）、それを奪い取ることはできない。自分の権利を理解するにつれて私は、活動家への道を歩み始めた。

「最初の活動」は家族に対して自分の権利を主張することだった。暴力は家庭から始まるものだが、正義もまた家庭から始まらなければならない。私はそう確信している。女だからという理由だけで最初から私のことを信用しない家族に、私にも自分自身の人生を生きてゆく力があるということを納得させるのは、長くて辛い道のりだった。

私は、教師として地元のNGOで働くことによって、経済的な自立への道を歩み始めた。グロリア・スタイネム[注1]が書いているように、「自身で稼いだ50ドルは、誰かに貰った500ドルよりあなたを強くする」ということなのだ。

2017年に、チママンダ・ンゴズィ・アディーチェの著作、『男も女もみんなフェミニストでなきゃ』[注2]を翻訳して出版して以来、私は教師からフルタイムの活動家になった。私は、自身の著作や発言を通じて、ジェンダー問題と女性と少女が地域社会で直面する因習的な暴力に関して、歯に物着せぬ痛烈な批判を展開したのだ。

その頃には家族からの信頼と支援を得ていたが、地域社会からは、烈しいバッシングを受け村八分になっていった。彼らは私を「伝統の破壊者」と呼んだ。ネパール人の地域社会では、月経期間中の少女は自分の家に入ることを許されず、何も触ってはならず、どこにも出かけてはいけないという理不尽な仕来たりがあったのだが、私はそういうことに反対したからだった。月経の血を流す女性は「ノーチューネー」[注3]と呼ばれる、つまり「触れてはいけないもの」と。私たちの社会ではそれが問題だとはみなされない。なぜなら脳が水槽の中の魚と化しているからだ。それ以上は大きくなれないのだ。

インターネットの普及と緩やかな社会の民主化に伴い、2018年に、ミャンマーでの性差別問題を啓発する「紫のフェミニストグループ」という団体を立ち上げると、活動の幅が国際的に広がった。

私はまた、大学生、教師、政府関係者、医者、弁護士、宗教団体のリーダーなどと、ジェンダー問題を批判的に考える教育と勉強会の場を設けた。さらに、仲間とともに、フェミニズム関連のポッドキャスト番組を二つ立ち上げ、妊娠中絶、不適切な男女関係、生理、政治、家庭内暴力などについての女性や少女の声を伝えていた。

だがミャンマー国内で、フェミニズム関連の問題がゆっくりとではあるが関心を引くようになってきたと感じるようになったまさにその時、クーデターが起きたのである。

2月1日、目を覚ますと携帯の電波が消えていた。なにか恐ろしいことが起こったに違いないと一瞬にして悟った。外の往来を見ると、多くの人々が走り回っていて、大量の買い占めも始まっていた。悪い予感が当たっているのかどうか確認しようにも、インターネットは繋がらなかったし、電話して誰かに聞くこともできなかった。私は答えを求めてひたすら外の様子を伺うばかりだった。すると、国歌を大音量でかけ、誇らしげにクーデターが成功したことを宣言しながら走る軍のトラックの列を見たのである。

私は挫折感に包まれ、怒り、悲しみ、孤立無援で絶望のうちに凍りついていた。頭の中は真っ白だった。それらの感情は複雑に絡み合っていて、自分でも整理することができなかった。その日から、外出禁止令が出され、政治に対する恐怖が蘇り、人々の連携は切断された。人生は失われ、希望はしぼんでしまった。私たちの親の世代がよく知っているあの恐怖の日々が再び始まったのだ。

何年も女性の権利拡大のための運動に関わってきたフェミニストである私には、これまで仲間とともに築き上げてきた成果が一瞬にして消え失せてしまったかのようだった。もう、なにもかも嫌になった。軍政権下で、性差別問題に取り組んだところで、いったい何の意味があるというのか。それどころか、もし軍政権下のミャンマーでそのような仕事を続けていたら命を奪われるであろう。そんな訳で、フェミニズム関連のポッドキャスト、コンテンツの作成やワークショップなど私が推し進めていた仕事は全て休止することにした。

その代わり毎日、我々の連帯を示すために抵抗運動に参加するようになった、なぜならそれが唯一希望につながる道だからである。抵抗運動に加わり、お互いのために立ち上がり、クーデターに反対することで、いつの日か我々にふさわしい正義と平等を摑み取ることを信じている。

一夜にして、世界から隔絶されてしまうということはなんと恐ろしいことだろう、とりわけ長い間世界と繫がっていた人にとっては。クーデター以降の軍政権下で生きる経験とは、決して覚めることができない悪夢のようなものだ。荒れ狂い続ける嵐のようなものだ。全てを破壊し尽くす地震のようなものだ。

ミャンマー国外に脱出するために、私はシャン州からヤンゴンに戻った。高速道路は市民を震え上がらせる警察と軍隊でいっぱいだった。「あなたは市民的不服従運動に加わっていますか?」「あなたは何か違法なことをしていますか?」という尋問を行っているのである。

さらに衝撃的だったのは、打ちひしがれ、静けさに包まれ、破壊し尽くされたヤンゴンの街を目撃したことだった。ヤンゴンはかつて、夜遅くまで活気に溢れ、楽しく、喧騒に満ちた街だった。しかし今、私が目の当たりにするのは、昼間にもかかわらず全く人影がない往来である。拡声器の音や、音楽や、商売や、笑顔や、叫び声などは消え失せて、代わりに、ただただ失われた生命と聞き取れない民衆の声にまみれた完全なる闇があるばかりである。

クーデター以後のミャンマーは、かつての平和で、生き生きと、混沌に満ち、勤勉で、美しかった国ではもはやないのである。

私たちは千人以上の命を失い、計り知れない苦しみを負った、だが私たちは決して諦めない。抵抗運動で命を犠牲にした人々は単に統計上の数字を意味しているのではない。彼らの失われた命は、私たちがかつて戦い、今も戦い、また戦いに戻ってくることを証明する、壁に刻まれた傷痕となるだろう。その傷痕は、たとえ私たちが死んだとしても、いつまでも私たちを見守りその抵抗の声を永遠のものにするであろう。

訳注

1　グロリア・スタイネム（1934-）は米国のフェミニズム運動活動家。

2　『男も女もみんなフェミニストでなきゃ』くぼたのぞみ訳　河出書房新社　２０１７年。

3　「ノーチューネー」はグルカ語。

初出「Index on Censorship Vol. 59, No. 2」２０２１年夏

エーポーカイン　A Phaw Khaing　ぱくきょんみ

殉死した息子よ
For my martyred son

ここに横たわる
わたしの息子よ、ミンカンソウよ！
死という摂理を抱きしめて
おまえという存在は刻みこまれた。

オウッカラーでは
記録という記録が
ひとの殺された血でしるされている。

ああ、愛しい息子よ、

わたしの息子よ、
まさに咲き誇る、そのときに、
みごとな花が倒された。
あまりにも哀しくて
わたしはおまえを偲びつづけるだろう。

息子よ、安らかに眠ってくれ。
血まみれの民主主義をしるそう。
ほら、
おまえのように倒され、
舗道を真っ赤に染めた花々は
平和をもとめる歌をうたっているではないか。

2021年3月14日、ヤンゴンの北オウッカラーの小児病院の前で勇敢な死を遂げた息子、ミンカンソウに捧げる。

"သူ့ရဲ့ကောင်း..........သား.........သို့"

ဟော ဒီမှာ
မင်းခန့်စိုး ကျွန်တော့်သား
သခ်ရတရားကို လက်ကိုင်ပြု
သမိုင်းကိုထုဆစ်ခဲ့ပြီ

ဥက္ကလာမှာ ကျတဲ့သွေး
သမိုင်းကိုလည်း ရေးခဲ့ပြီ

ချစ်စွာသော သား
ဖေ့ဖေ့သားရေ
ဝေနေမဲ့ပန်း အကြွေစောလို့
နှမြောလှချည်ရဲ့ သားရယ်

တမလွန်မှာ
သား အနားယူပါ
ဒီမိုကရေစီကို သွေးနဲ့ရေးပါ။
ဟော. .ကြည့်စမ်း သား
သားလို ကြွေခဲ့တဲ့ပန်းတွေ
ပေတရာမှာ ဖွေးဖွေးလှုပ်ရင်း

エーポーカイン著「殉死した息子よ」(前半部分)。息子のミンカンソウが殺害された2021年3月14日のその日のうちに、父親であるエーポーカインがFacebook上に発表した。

ミンサンウェー　Min San Wai　四元康祐

穴
Hole

その家の竹の壁には
鉛筆の芯くらいの大きさの穴がある。
つい最近、幼い娘は
頰にタナッカー[注1]を塗ったまま
その穴の向こうへ消えていった。
そうしていつまでも帰ってこなかった。
母親は待ちきれなくて
その穴を覗いてみる。すると
銃口が真正面からこっちを向いているではないか。
銃の背後では豪華なパーティーが繰り広げられていて、

血まみれになったミャンマーが
切り刻まれ、皿に載せられているのだった。
一番真中のテーブルには
パゴダ建立の寄進者[注2]が陣取って
幼い娘の血をグラスから啜り飲んでいる。
外の暗がりでは死者たちがうめき声をあげている。
母親は「わたしの娘よ！　わたしの娘よ！」と叫びながら
気を失ってしまう。
父親も訝って、その穴を覗きこむ。
家族みんなが代わり代わりに
その穴を覗きこむ。
今ではこの国に住むすべての者に穴があいている、
鉛筆の芯くらいの大きさの穴が
誰もの胸に。

この詩はパンイピューに捧げられている。14歳の少女だったパンは、２０２１年3月27日、メイティーラにある自宅にいたところ、竹で編んだ壁を貫いて飛んできた銃弾によって射殺された。

英訳注

1　タナッカー：ミャンマーの伝統的なスキンクリーム。ナガエミカンの樹皮を細かく磨った黄色いクリームで、美容と日焼け止めのために顔に塗る。

2　パゴダ建立の寄進者（パヤーダガー）：パゴダの建立と維持のためには膨大な費用が必要である。したがってかつて王族しかパヤーダガーにはなれなかったが、今では軍の将軍や富裕層の人々も寄進するようになった。

初出「Adi Magazine」２０２１年夏

プラグX　PlugX　四元康祐

兄の顔写真が国営放送のテレビに映し出された日
The day your mugshot appeared on the state-owned channel

兄が行方不明になって3か月たった。
兄のいない家のなかはひっそりしている。
壁の時計がチクタク鳴って、モウゴウ僧正の
兄が大好きだった過現因縁経の説法のテープが
ひとりで喋っている。
兄の飼ってたネコは相変わらずミャーミャー鳴いている。
兄がいなくなってからというもの、母さんは豚肉と
ローゼルの葉の料理を作ろうとしなくなった。竹で編んだ
我が家の壁はタールで黒ずんで、ますますどす黒くなってゆく。
兄の友達が訪ねてくるたびに、俺はその間抜けた顔を

ぶん殴ってやりたい思いに駆られる。
兄はきっと使いぱっしりをやらされていて
凧みたいにふらふら駆けずり回っていたんだろう。
誰かがその凧の糸を手繰り寄せたとき、
兄は怖気づいて、自ら糸を断ち切ったに違いない。
でもこれまでの兄はいつも最後には戻ってきていた。
俺は兄の詩が嫌いだ。ぜんぜんいいと思わない。
家を出て行ったあと、兄は詩の中で泣きながら
家族に会いたがっていた。まるで自分が小石かなにかで
窓から外へ放り投げられたみたいな書き方だった。
兄が煙草を吸っているのを見つけたとき、父さんは怒って
自分の吸ってた煙草の箱を全部ゴミ箱に捨ててしまった。
ある晩、兄が酔っぱらって帰ってくると、
母さんは朝までひとりですすり泣いていた。
僕にとっての兄は、長距離バスのなかでかかっている
映画みたいな存在だった。たとえ気に入らなくっても
否応なく最後まで観させられる。うとうとするたびに、
派手なシーンがやってきては目を覚ましてしまうんだ。

自分の詩のなかで、兄はだめ息子だった。
でも母さんの舌の先では、金箔に包まれた稲穂だった。
自分では共産主義者だと名乗っているくせに、
仏教の四諦の教えに入れあげていた。
歌手のソウルィンルィンのバリトンの美声が歌う
「誰にも内緒、あなたに夢中」が好きだと言いながら、
寝るときにはサイン・ティーサインの歌を聴いていたっけ。
兄貴、あんたはほんとに変な奴だよ。あんたの気まぐれに
友達も俺たち家族もどれほど振り回されたか。
ちょうど3か月だ、あんたがいなくなって。
我が家のラジオは相変わらずオンボロだし
朝ごはんもかわり映えしない。母さんは洗濯ものを
洗濯機に力づくで押し込んでいるし、父さんは電線から
電気を盗み取っている。俺はいつもイライラして
ネットニュースを見たり、ゲームをしたり。
「連絡が途絶えてもう18日になるんです」兄の恋人が
母さんに電話してきてそう訴えた。俺たちが
兄のことを思わない日は一日たりとない。でもこの町の

道路は兄のことなんかすっかり忘れ去ったみたいだ。
5月になると上ビルマ地方はうだる暑さだ。
一日中じりじり陽に灼かれて、街路樹の葉っぱは萎れてしまった。
毎晩7時になると、母さんはお気に入りのテレビを観る。
まるで不思議な魔力に引き寄せられたかのように、
父さんと俺もなぜかテレビの前にいた。
8時8分、母さんは国営放送にチャンネルを替える。
「フェイクニュースばかり垂れ流しやがって、胸糞悪い」
父さんと俺は何も言わずに目と目を合わせた。
その時だ、忘れもしない！
ニュースのアナウンサーがなんていけ好かない野郎だろうと思っていると、
そいつの汚らしい口から兄の名前が吐き出されたのだ。
3か月ぶりに見る兄の顔が画面に映し出された。
殴られて、痣だらけの兄の顔！
我が兄にして詩人、共産主義者、そしてヴィパッサナー瞑想法の実践者！
そんな男が殺人、テロ、そして国家転覆煽動の罪により
軍法会議で死刑を宣告されただなんて。
ショックのあまり言葉を奪われ、俺たちは黙りこくったままだ。

母さんの頬を涙が伝わる。父さんと俺は男だけど
実は臆病者で、まるで空が割れて落ちてきたみたいに立ち竦んでいる。
どうすればいいのだろう？　兄はどこにいるのだろう？
「灼けつく太陽の小さな漁村……」ルンモウが歌う
「父」の曲が思い出されて胸が掻きむしられる。
兄は僕よりも年上なくせに、僕よりも弱虫な少年だった。母さんが
寝る前に語り聞かせてくれたお話、つばめの一家が嵐にやられて
バラバラになってしまう話を聞いては涙ぐんでいたっけ。
兄を救い出すために何が出来るというのか？　蚊一匹叩きつぶすことも
出来なかったあの優しい兄が、殺人犯だとかテロリストと呼ばれるなんて、
冗談にもほどがあるけど、その冗談ぜんぜん面白くないんだよ。
兄の顔写真がテレビに出てからというもの、家の電話は鳴りっぱなしだ。
兄の友達連中はＳＮＳで釈放を訴えかけようとしているけど、
俺はもうあいつらと話すのはうんざりだ。我が家の変わり者、脱走者、
男女共学の学校で惚れたはれたにうつつを抜かす劣等生。兄貴よ、
あんたは共産主義者で、幹部だったんじゃなかったのか。気持ちはぐるぐる
同じところを回っているばかりで、埒が明かない。
「ふたりの兄弟のうち、革命家となるのはひとりで充分だ。いや、ひとりで

も
多すぎるくらいだが」が兄の口癖だった。俺は
両親にかける慰めの言葉が見つからない。兄の恋人や友達に対しても。
どんな霊媒師も俺たちを兄のもとへ導いてはくれない。
兄さん、どこにいるんだよ。相変わらずネコはミャーミャー。
古いラジオも古いまま。
もう一度兄に会うことができたとしても、どんな言葉をかけていいのか分からない。
兄が女の子とのデートにうつつを抜かしていた頃、母さんは夜遅くまで
玄関に鍵もかけずずっと兄の帰りを待っていた。
兄が夜遅く家を出てゆくと、俺までなんだか眠れなかった。
きっと俺は考えていたんだと思う。俺が生まれたとき、
幼稚園児だった兄が「父さん、僕の弟だよ！」と叫んだってことを。
兄さん、あんたってやつは、
なんてドジな間抜け野郎なんだよ！

サライン・リンピ（ミンダッ）　Salai Ling Pih (Mindat)　三宅勇介

奴らが父を捕らえに来た

They came for Father

私は奴らの膝にしがみつき、土下座して哀願した。
だが奴らは気にも留めなかった。
奴らは父親を捕らえに来たのだ。
よそわれた夕飯が
そこらじゅうぶちまけられた。
もうすぐ未亡人になる運命の母が
父のそばに居た。

「奴らが父さんを捕まえてしまった。
もうあんたに頼るしかないよ」

妹は母にしがみつき、半狂乱になっている。
農場の方から銃声が聞こえた。

奴らは父を捕らえに来た。
ようやく力を尽くして作り上げた
農場によって報われようとするその時に
だがそこはすでにもう血の海だ。

奴らは父を捕らえに来た。
学校の入り口に掲げられている国歌の歌詞にだって
こう書いてあるというのに、
「高潔な思想（ワーダ[注]）の、公平な地」
父の土地を
私が耕さなければ。

奴らは父を捕らえに来た。
まだ墓の盛り土の上には
薬莢が転がっている。

奴らがその銃弾を買えたのだって
父がきちんと税金を納めていたからだっていうのに。

父は連れ去られてしまった。
私は母と妹をきつく抱きしめるしかなかった
私たちは父のために祈った。

次は奴らは私を捕まえに来るだろう
それまでに農場を
たっぷりと耕しておこう――
奴らごとひっくり返す勢いで。

訳注　「Wada」はイデオロギー、主義や信条と訳しうる。

コウ・インワ　Ko Inwa　三宅勇介

軽い口調で
They don't talk big

Z世代の若者たちが
喫茶店にやって来る。
イヤリングをつけて。
身体中に刺青を入れて。
汗でびっしょり濡れて。
何人かは足が血塗れだ。
そして手入れから逃走して
脱げてしまったシューズについて喋る。
失くしてしまった財布のことも。
それから彼らは笑う。

まったくもって軽い。
誰かが携帯電話を落として
壊してしまった様子を喋る。
どれだけ命がけで
逃げなければならなかったかをも。
彼らは再び笑う。
まったくもって軽い。
「じゃ、明日ね」
彼らは言って別れる。
全ては軽い口調で。

初出「moemaka.com」。英訳「Mekong Review」2021年5月

モウヌエー　Moe Nwe（2001-2021）　三宅勇介

春と狂犬ども
Spring and rabid dogs

この春もまた
綿の木々が花咲く頃
狂犬どもがやって来る。

狂犬どもは通りで唸り
目に入るものすべてに襲いかかる。
もはや我らに逃げ場はない。

狂犬どもを追い払うことは出来やしないから
棒で引っ叩くのはやめておこう。

群れをなした奴らに逆に襲われるのがおちだ。

痩せこけたノミだらけの野良犬に
骨を投げ与えるのはやめておいたほうがいい。
子犬だろうが、雌犬だろうが、お構いなしに
餌を与える手に噛みつくだろうから。

畜生ども！　奴らは汝らの肉に
どう猛な歯を食い込ませるだけ。
奴らに良心などありはしない。

狂犬どもを追いかける必要もない
奴らの返り討ちにあうだけだから。
奴らが口から泡を吹くに委せていよう。
綿の木々が赤く染まっている間は。

この春の出来事は
歴史に血で書き込まれている

たとえ狂犬どもが退いたとしても、
この地球が息づく限り、
我が呪いの涙が途切れることはない

ティーハティントゥン　Dr Thiha Tin Tun　吉川 凪

遺書
My will

最も良いことを期待していたのに、最も悪いことが起こった。国の権力が奪われたのだ。恐怖のない、楽しい日々は終わった。終わってはならないことのために、どんなことをしてでも闘うべき時が来た。たいして難しい話ではない。望むものが得られないのなら闘うというだけのことだ。一つずつ、あるいは二つずつ取り戻す。手術用のメスを握っていた僕の手は、血で汚れることに慣れている。

お母さん。もし僕が死んだら、誇りに思って下さい。あまり悲しまないで。国の主権、民衆の主権を取り戻すための闘いで僕が死んでも、あまり悲しまないで下さい。おばあちゃん。あなたの愛した孫の勇気は、真っ赤な血の色でした。あの世でもしまた会えたら、また僕の面倒を見て下さいね。次に、お父さん。お父さんとはあまり口をきかなかったけれど、僕はお父さんと強い絆で結ばれていると思っています。もし運命が命じるなら、お父さんと僕の道はまたどこかで交わるでしょう。お姉さんとお義兄さん。妊娠できるよう、もう一度頑張って。諦めないで下さい。それからレートゥーの家族。レートゥーが無事でありますように。そしてニェインおばさん。二人だけの家族だけど、穏やかに仲良く暮らして下さい。ウー・パウとおばさんに、健康に気をつけて病気にかからないようにと伝えて下さい。友達にはあまり言い残すことがありません。僕のことについて、記憶すべきことを記憶していてくれるはずです。もちろん、中には僕のことを忘れる人もいるでしょうが、それでいいんです。

愛する人、君と出会えたことは、僕の人生で最も素晴らしい経験だった——そう思えば幸せに死ねるよ。なぜこんなふうに去ってゆくのか、理解してくれると信じている。一緒にいられる時間はとても短い。もし運命が許してくれるのなら結婚できるだろう。最後に、揺るぎない、無慈悲な人間になろうともがいている仲間たち。民衆が権力を取り戻すまで闘い続けよう。僕は君たちより先に死ぬかもしれない。

軍事政権を打倒しよう。民衆の力よ、永遠なれ！

トーダーエーレ　Thawda Aye Lei　吉川 凪

誰の足音がいちばん大きいのか

Whose Footfall is Loudest?

サンダル[注]に心を惹かれるだなんて、思ってもみなかった。ある出来事があって以来、私はサンダルに注目するようになった。

そう、生涯忘れられないその出来事によって私は、履物が単なる履物以上の意味を持つことがあると知った。アメー（母）が亡くなった時のことだ。息を引き取るまで、アメーは3カ月近く肺がんで苦しんでいた。当時、私たちは小さな町に住んでいたのだが、一縷の望みをかけてアメーを都市の病院に入院させた。亡くなった時も、その都市で埋葬した。

アメーなしで小さな町に帰るのは寂しくてたまらなかった。拠り所を失ったみたいに心がからっぽで、ブラックホールに吸い込まれたように辺りが真っ暗に見えた。アメーの持ち物すべてを貧しい人たちに寄付すると決まった時も、私は黙々と従った。遺品に執着したくはなかった——どのみちアメーはもう、この世にいないのだ。だが、思わぬ所からアメーの所持品が見つかった。一足のサンダルだ。アメーのベッドの下で彼女のサンダルは、まるでかくれんぼみたいに暗い隅っこでじっとしていた。入院する時、置き去りにされたに違いない。よく見ると、底はすり減ってかかとはぼろぼろだった。

　アメーは倹約家で、お金はよく考えて使った。特別な時には新しいサンダルを履いたけれど、ふだん家事をしたり食料品を買いに行ったりする時は、いつもこの擦り切れたゴムサンダルを履いていた。紐が切れれば自分で新しい物に交換した。片方だけ紐が切れたら、切れた方だけ新しいのにして、もう一本は取っておいた。何年も毎日履いて足指の跡がついたサンダルを見ていると涙が流れた。それは、アメーがずっと苦労を重ねてきたこと、痛みや苦しみを耐えてきたことを如実に示していた。そのサンダルはこれからずっと手離さないつもりだ。

　それ以来、私は履き古したサンダルが語る物語や記憶や暮らしに惹かれるようになった。私たちは毎日服を着替えることもできるけれど、新しいサンダルを買う余裕もない貧しい人たちは、ずっと同じ物を履き続けなければならない。サンダルは、茨の道を行く貧しい者の戦友だ。サンダルは彼らに力をくれた。彼らの皮膚も同然だった。

　詩人のラタンは「サンダルは私の要塞」と書いた。２０２１年２月の軍事クーデター以来、私はサンダルとその持ち主に関する、さらに興味深い話を収集した。コロナ禍で不況にあえぐ小さな開発途上国は、政治の荒波に襲われた。この春、国の未来は春の霧のようにぼやけていた。遠い未来を展望しようとしても、見えるのは干からびた土地だけだった。

　軍部は、２０２０年の選挙は不正選挙だったからクーデターを起こす必要があったと主張した。選挙前にはＮＬＤのキャンペーンソング「ヒールの音」が大流行していた。ＮＬＤが選挙で圧倒的勝利を収めた時、それは勝利の歌となったが、軍部が権力を掌握すると歌声は消えてしまった。その歌はＮＬＤのリーダーであり国家顧問であり、支持者にとっては〈アメー〉であるアウンサンスーチーに捧げられたもので、彼女が長いあいだ軍事政権に支配されていたミャンマーを世界の舞台に再び登場させるきっかけをつくったという内容だった。２月１日、その軽快な足音は軍靴の重い響きによって打ち消された。

　やがて、喪に服す母たちの声、うろたえた若者たちの舌打ち、荒れた畑にいる農民や、工場労働者の呻き声は日に日に大きくなった。「ＣＤＭに加わろう！」という声で人々は警戒態勢に入り、さまざまな声が一つになった——無力な泣き声は鬨《とき》の声と化して空に響き渡った。

　靴が恐怖の対象になることがあるだろうか。ある。それが軍靴なら。春の革命の最初の週、公務員は大挙してＣＤＭに加わった。ＣＤＭの戦術は、職場に行かないというものだった。ある政治マンガでは、軍の司令官たちが医師、教師、会社員を革の長靴で踏みつけていた。ストライキのスローガンは、「オフィスに行くのをやめよう。独裁政治から逃れよう」だった。人々は、軍事政権のために働き続けたら、たくさんの大切な暮らしや美しいものや人間の尊厳が軍靴に踏みにじられてしまうと互いに警告した。

　かくして履物はミャンマーの春の革命における主要アイテムとなった。さらなる事件が起こった。クーデターが起こってから１週間もしないうちに、何千人もの若者がデモ行進を始めたのだ。軍部はすぐに人を雇って抵抗運動に反対するデモを始めた。反クーデターのデモ隊は、自分たちは自らの意思でデモをしているのだ、誰からもお金をもらっていないと叫び始めた。彼らは、自分たちは貧しい家の子ではないから買収されないということを示すために上等の服や靴を身につけてデモをするようになった。しかしこれは、ほとんどの仲間にはそうした高価品を買う余裕がないことを浮き彫りにする結果になった。SNSに、軍部に雇われた人たちも含め、貧しい人たちを軽蔑することへの非難の声が上がった。独裁政治に反対する中で、人々は富や階級によるすべての差別をやめることを学んだ。

革命は次第に力を増し、田舎でも都会でもさまざまな立場の人たちが参加する全国的な抗議運動に発展した。デモの足音が通りに響いた。道はサンダルや靴に覆われ、隙間がなくなるほどだった。春爛漫で、後に倒れた人たちが横たわることになる道路に、デモ隊の行列が果てしなく続いた。

非暴力的な抗議方法の一つが、〈靴紐結び〉だ。当初、治安部隊はデモ隊に対して武力を使うべきかどうか迷っているように見えた。彼らは、交通妨害だと言って群衆を道路から排除しようとしたので若者たちは作戦を変え、小さなグループに分かれて行動した。

青信号で道路を渡り、赤になると立ち止まった。スローガンを叫んだ。チャンスがあれば、道路に座り込んでのろのろと靴紐を結び直した。警官は黙って見ていた。翌日、〈タマネギの収穫〉と〈米粒拾い〉が始まった。警察を困らせるために、タマネギや米粒をわざと道路の真ん中にぶちまけ、みんなで拾って袋に戻した。至る所に色とりどりの春の花が咲いていた。新しいクリエイティブな運動があちこちで見られた。

こうした抗議方法を非難する人もいた。若い者たちはふざけている、というのだ。ジェネレーションギャップを指摘する人もいた。大人は最先端の戦術を理解できなかった。だが春の早い段階で、すべての年代の人々は互いに対する信頼を築き、連帯した。彼らはエネルギーに満ち溢れ、嵐の前の静けさを楽しんでいた。

爽やかな春のグリーンは、間もなく干からびた夏の褐色に変わる。壁のタイルは熱で浮き、亀裂が入った。熱波は民主化運動をも覆った。手を取り合って軍事政権に反対して立ち上がった人たちに血の色の突風が吹きつけた。一斉射撃の音が空に響き渡り、木にとまっていた鳥たちが慌てて飛び立った。軍隊と警察は逃げる人たちを追いかけ、血に飢えた獣のように彼らを殴り殺した。黒いアスファルトの道路すら、顔中を血だらけにして泣き出した。

流血の惨事があってから、革命の戦術も変わった。デモ隊が銃や棒で追いかけられるたびにたくさんのサンダルが路上に残された。ひっくり返っていたり、溝に落ちていたりしたが、たいていは片方だけだった。ほとんどはくたびれたサンダルだ。治安部隊が去ると、人々は持ち主が取りに来られるようにサンダルを拾い、もう片方を探した。放置されたサンダルはみすぼらしく見えても、持ち主にとっては大切な物かもしれないのだ。

私はこうして偶然に、サンダルが常に革命の重要な目撃者だったことを知った。1988年の民主化運動で、サンダルは道路のあちこちに散らばっていた。2007年のサフラン革命で、たくさんのサンダルが血に染まった。2015年の学生デモの時も何百ものサンダルが道路に転がった。

2021年には靴のチャリティーキャンペーンが繰り広げられた。デモ隊が攻撃から逃げる時、どんな靴がいちばん適しているだろうかというSNSの書き込みがきっかけになり、靴を寄付する人が続出した。いろいろなサイズの中古の靴を自由に持っていけるよう置いてある所もあった。余分な靴を持っている人は仲間に譲った。皆は靴を分かち合うことで慈愛を交換していた。皆は互いに気遣った。人は皆同じだということを理解して、絆はいっそう深まった。

暴力に加え、人々は心理的な闘争に苦しんだ。革命が長引くほど士気は揺らぐものだ。だが、弾圧にもかかわらず、ほとんどの人は闘い続けた。親や友人に別れを告げる人もいた。「もし私が殺されたら、臓器は必要な人にあげて下さい」と遺書に書く者もいた。

「これ以上この人を押すな／地の果てで／サンダルは私の要塞となった」。ラタンの詩の最後の一節だ。皆は最後まで闘う準備をし、何があっても引き下がらないと誓った。クーデターの指導者の写真を道路に貼ってその上を行進したから、将軍の顔は足跡で汚れて見えなくなった。

デモ参加者があちこちで殺害され、犠牲者の数は毎日増え続けた。人々は涙が乾いた頬に、また新しい涙を流した。夜間外出禁止令が敷かれ、インターネットのアクセスは制限された。さまざまな罪を着せられて逮捕されたり拘束されたりすることが増えた。危険が身に迫り、もう居場所がないように感じた。皆は夕暮れを恐れるようになった。自分たちの将来に迫る夕暮れを恐れたと言ったほうがいいかもしれない。

ある日、私はSNSで一足のつっかけの写真を見た。「これはある母親の物です。デモの最中に残されました」。それは白い、EUサイズ37のつっかけだった。元は白かったのだろうが汚れていた。履いていた人が襲撃された時に脱げたのだろう。道路には血の跡があり、つっかけの片方にも血がついていた。履いていたのは50歳の教師だった。彼女はそこで軍のテロリストによって射殺された。手を撃たれたのだが、心臓病を持っていたためにそれが致命傷となった。

その人の娘さんはインタビューに答えて、「デモに行く時、母はあまり体調が良くありませんでした」と語った。2020年の選挙で不正が行われたという主張は、投票所を監督していた教育者たちに不名誉をもたらした。それでその人は、自分には最前線で抗議活動をする義務があると思っていたのだ。家を出る前、治安部隊は教師を大目に見てくれるはずだ、暴力を振るったりはしないと言って娘を慰めたという。

悲しいことに、弾丸は差別をしなかった——引き金を引く指にのみ忠実だった。次々に発射される弾丸が私たちの夢を壊し、カール・マルクスの、「プロレタリアは鎖のほかに失う物を持たない」という言葉が民衆の中に大きく響き渡った。

娘さんは遺品のつっかけを見て号泣していた。それを見て、私はアメーのサンダルを見るたび泣いたことを思い出した。あの娘さんはどうだろう。履物に興味を持つようになっただろうか。革命の中で、履物は往々にして持ち主に早すぎる別れを告げる。

軍靴の集団は確固として立ち、市民の抵抗を終わらせると決意している。人々は武器を持たないし丈夫な盾もない。サンダルはすり減って薄っぺらだ。たとえそうでも、あの熱い、血にまみれた道路は地獄よりはましだった。誰も足の裏が熱いことなど気にかけていないように見えた。

履物があろうがなかろうが、地獄を脱出する旅は険しい。

訳注　ミャンマーにはビーチサンダル形の伝統的なサンダルがあり、老若男女誰もが日常的に履いている。

ラタンの詩はコウコウテッによって英訳されている。

ダリル・リム　Daryl Lim　三宅勇介

輸出入法さまを褒めたたえる歌

Paean for Import-Export Laws

おいらは貴様たちの輸出入法さまが大好きだ
貴様たちの政権を護ってくれる輸出入法さま
輸出入法さまによって穢れたラジオ放送を
偉大なる我が国から締め出すのさ
おちんちんの包皮に
輸出入法さまを入れ墨して書き込んでくれ
輸出入法さまを紙に書いて燃やしてくれ
そうすりゃ、緑茶にその灰を入れて飲んじまう
おいら、貴様たちの輸出入法さまによって
豊かになっちまう

おいらが死んだら
輸出入法さまを朗読してくれるかい
ヤンゴンの夜の静けさの中で
おいらの頭は輸出入法さまでいっぱいだ

訳注　アウンサンスーチーは、2月3日、住居の家宅捜索により発見された、携帯型の無線端末を不法に輸入し許可なく使用したとして、輸出入法違反の容疑でミャンマー当局に訴追された。

＊「詩の郵便」

ニンカーモウ　Hnin Kha Moe　三宅勇介

百日
100 Days

国を自立させるには百年かかるだろう。
国を破滅させるにはわずか百日で充分なのに
一体どれだけの夜を我らは眠れずに過ごしてきたのか？
一体どれだけの日々を我らは歯軋りし、怒りと嫌悪のあまり舌打ちしてきたのか？
一体どれだけの日々を我らは痛みに胸を詰まらせ、涙にかきくれたのか？
一体どれだけの日々を我らは恐怖に震えてきたのか？
一体どれだけの日々を我らは拳を握りしめ、唇を噛んできたのか？
一体どれだけの日々を我らは帰ってくることのない者を待ってきたのか？
国の夜明けを信じて耐え忍んできたのに、我らはこの二月一日をどうやって終わらせる事ができるのか？
今、ある人々はどのように生き延びるかを学んだ。
またある人々はどのように死ぬかを。

＊「詩の郵便」

チョーズワー　Kyawswa　四元康祐

中断された会話

ボリュームを低く絞って
ラジオドラマのその場面にダイヤルを合わせる。

壁は窓辺で
縺れている。

道路は走り去った。
すべての星が空に瞬いている。

誰かが
穴の中から叫び声をあげた。

春の上にはでかでかと
「退場」と書かれている。

この世は地獄だ。

あなたはどうしてそんなにも運がいいのか、
生まれたのは何曜日？

花々が咲き乱れる筈の季節なのに
蕾は地面に落ちてしまう。
すぐ涙がこぼれる。

今ではもう
河川でさえ
自分の家に戻れはしないのだ。

19 April 2021

＊「詩の郵便」

コウコウテッ　Ko Ko Thett　四元康祐

母に――四幕からなる一つの人生
mother: a life in four acts

1948
戦後の赤子
独立の
臍の緒に絡まった
逆子
胎盤は、雨の木の
根元に埋めた

1962
初めての生理は

流血の日の
流血の暴動

革命評議会
ではなく
革命、革命そのものを！

野犬の渦が
痙攣しながら死んでゆく
軍のトラックからばら撒かれた
毒入り肉で

１９８８
最初の赤ちゃんは
幼児死亡率に奪われた
夫は
苦労だらけの人生に、
16歳になった息子は

徴兵に、
14歳の娘は
思春期に。
彼女は娘に言い聞かせる、
「腰布をオムツみたいに押し当てるんだよ
　メンスになったら、
　男たちから身を護るために！」

2021
トラウマ
萎縮する脳
アルツハイマー氏の
無慈悲なる慈悲

聞こえない耳で
聞く、 国営放送が延々と垂れ流す
軍歌

腰布を、押し当てて
彼女の準備は出来ている

英訳注　革命評議会が１９６２年に政権を奪取した後、軍のトラックからばら撒かれた毒入り肉によって野犬が殺されるという事件があった。

＊「詩の郵便」

コウコウテッ　Ko Ko Thett　四元康祐

おいしい！　自宅で簡単デモクラシーの調理法
Cooking up [democracy dishes in my very own kitchen]

さあて、君たちにどんな料理を作って差し上げようか？
米粒ひとつ買うこともできない者に
大食漢となるのは無理だからね。
まずは君らの革命をコリアンダー風味のカレーにしよう。
大衆運動をぐつぐつ煮込んで、誰からも後ろ指を指されなくなるまで
骨抜きになるようとろとろに柔らかくする。
でも焦がさないように気を付けて、味が台無しになるからね。
それからＳＮＳで（トマトレモンならぬ）墓とレモンのサラダ[注1]を作ろう。
3本指の飾り付けはもってのほかだが、
代わりに私の長ーい中指で民主化豆の煮込みを掻き回してやろう。

たっぷりとフィッシュソース的感情を振りかけてね。床に
真っ赤な血の染みがこぼれたって気にしない。ま、仕方ないさ。
私は最高権力シェフだ。君のお母さんよりも
料理の腕は上だろう？　馬の代わりに調理篦に跨り、[注2]
ぎしぎし軋む牛車の下で、ハイエナ顔負けの
ヨーデルを奏でることもできる。目下の情勢は
単純明快、一頭の象が白昼堂々
田んぼを踏みにじっている……五比丘のすべてと
説教台が破壊されたのみならず
横臥する仏陀までがどさくさに紛れて
袋叩きにされてる。ま、仕方ないさ。
君らは穴の開いた笊で蛙を捕まえよう[注3]としているのだから。
愚かなトカゲの灰の上着には灰しか捕まえられない[注4]
とはよく云ったもの。いくらお人よしでも、
後ろから這い寄ってくる強盗を亭主と間違えてはいけないよ。
さあ、芽キャベツと自由のフライも召し上がれ。
それから私の油まみれのボロ布と同じくらいに
擦り切れた決まり文句も、さあもっと。

君が食欲を掻き立てている間、私は買い物リストの
詐欺についての捜査を始めよう。君のハンガー・ゲーム風
抵抗運動を、ぼこぼこに叩きのめした鍋とフライパンで、
私は料理をしているのだよ。戒厳令が解除されたら、
台所で新しい選挙が行われることになっている。当然私は
私の権力を「我が人民のためのアールー[注5]（じゃがいも）党」へ
移譲する。最初からぜんぶ決まっているんだ。

訳注

1　英文ではtomb & lemon salad、tomb（墓）とtomate（トマト）をかけている。

2　調理箆に跨り：（若い娘などが）はしたない、ふしだらな行いをするを意味するミャンマーの言い回し。

3　穴の開いた笊で蛙を捕まえる：骨折り損のくたびれ儲けの意。

4　愚かなトカゲの灰の上着には灰しか捕まえられない：類は友を呼ぶの意。

5　ミャンマー語で「アールー」はヒンドゥー語を語源とする「じゃがいも」のこと。「口先だけで実行が伴わない者」という含意もある。

この詩の英訳はコウコウテッより、２０２１年2月10日のメールで配信された。

＊「詩の郵便」

II　2020-1988

ケッティー　Khet Thi（1976-2021）　三宅勇介

なんてこったい！

What a bummber!

最新のニュースによれば
糞としか言いようがない政権は選挙で敗れ、
俺たちが見守るべき政権が選挙で勝った。
長い間同じ糞壺にどっぷり浸かっていた人々は
未来を変えたいと切望していた。
霊媒師だって精霊を喜ばせたい時には
「母なるスーチーが勝つだろう」と宣ったぐらいさ。
で、実際の所、今、どうなんだい？
度重なる停電と物価上昇が
貧しい人々を相変わらず苦しめている。

じゃあ、いいこと無いのかな？
まあ、俺たちだってもはやそれほど弱虫じゃないって事かな。
最近のプロパガンダはちょっとばかり耳ざわりが良くてね。
新しい政権は正直に見えるーいや、そう信じたいだけかもしれないが。
昨日まで俺たちゃ秘密警察に怯えてきた。
今日俺たちが怖れなければならないのはロビイストどもときた。
昨日まで俺たちゃゴロツキどもに怯えてきた。
今日俺たちが怖れなけりゃならないのはマヌケどもときた。
だが、ゴロツキどもとマヌケどもには一つの共通点がある、
「政権の邪魔をできるもんならやってみな、
ぶん殴って殺すぞ！」って脅かすこと。
昔は本当に棍棒でぶん殴って殺していた。
今じゃテレビやインターネットを使って息の根を止めちまう。
なんてこったい！
思うんだが、
かつて糞としか言いようのない政権は俺たちをズタボロにしたが、
俺たちが見守るべき政権はうまくいけば国を豊かにしてくれるかもしれない。
だから俺は信じる。

だからみんなも信じる。
それしかないんだよ！
でもよ、マヌケどもがどこまでも図に乗り続けるなら、
俺たちが見守るべき政権の威厳は損なわれる。
そうなりゃ、本当にがっかりだ！
だからよ、手放しでは喜べないってこった。

２０１６年４月28日、momaka. com

＊「詩の郵便」

ケッティー　Khet Thi　四元康祐

ヤンゴン大峡谷
The grand gorges of Yangon

宇宙にはブラックホールが存在する。
そればかりか、
ヤンゴンには大峡谷が存在する。
大峡谷はヤンゴンを
その歴史もろとも呑み込んでしまった。
我々は、ヒップホップの若者たちもろとも、
いまも大峡谷に生き埋めになっている。
ラカイン州沿岸から中国に向かってプロパンガスが噴き出した時、
我々は料理用のガスを求めて大峡谷を掘ってみたが、
シルビア・プラスが自殺するのに使った量のガスすら見つからなかった。

ヤンゴンの大峡谷は想像を絶するほど深い。
その深みに横たわる暗闇もまた想像を絶する深さだ。
パンは悪の大峡谷のなかにある。
地獄の竈で焼かれたパンだ。
かつて外国へ行って家政婦の仕事に就こうとした娘がいたが
悪の大峡谷に吸い込まれてしまった。
ヤンゴンにはそんな恐ろしい大峡谷がいくつも存在する。
大峡谷は口笛を吹く。君が来るのを待っているのだ。
大峡谷はダーリングレースの髪飾りを着ける。君が来るのを待っているのだ。
ある大峡谷は、ベルボトムのジーンズを穿いて、電信柱に凭れかかっている。
絵に描いたようなチンピラの格好で、くちびるの端で
煙草を咥えている。君が来るのを待っているのだ。
ある大峡谷は別の大峡谷を貪り喰らい、その大峡谷はまた別の大峡谷を
貪り喰らう。
大峡谷たちはにやにや笑いながら、誰かが罠にかかるのを待っている。
ヤンゴンの大峡谷は
メイド・イン・チャイナである。だから長持ちはしない。
消えてなくなったかと思うと、もう

別の場所にいる。
ヤンゴンの大峡谷に呑み込まれた人間の数は
北京の人口の十倍である。
ヤンゴンは片時も休まず、眠ることもない
巨大なメトロポリスと化した。
もうスポーツカーが夜のヤンゴンを疾走することもない。
ヤンゴンの住民たちは大峡谷の底から聞こえてくる音に聞き耳を立てている。
何が聞こえる？

＊「詩の郵便」

サンニェインウー　San Nyein Oo　吉川凪

ケッティー――ビロードの手袋をはめた鉄の拳
Khet Thi: Iron fist in a velvet glove

1

友人ケッティーが取り調べ中に亡くなったと聞いた瞬間、私は〈ビロードの手袋をはめた鉄の拳〉を思い浮かべた。それは、詩人ダゴン・ターヤー（1919-2013）が友人であり反植民地主義運動の学生リーダーだったバヘイン（1917-1946）の人柄を表すのに使った言葉だ。私もケッティーもダゴン・ターヤーが好きだった。私がケッティーを伝説の人物バヘインになぞらえたことをもし本人が知ったなら、彼はいつものようにもじもじして、その栄誉を辞退しただろう。ビロードという言葉はケッティーに似合わないと思われるかもしれないが、詩人としての彼にはふさわしかった。バヘインはビルマ独立のためにカービン銃を持って戦った共産ゲリラだ。ケッティーは2021年のミャンマー軍事政権に対する反対運動において、トゥーミーと呼ばれる時代遅れの先込め銃で武装したゲリラのリーダーだった。

ハンターワディー紙記者ウィンティン（NLDの共同創設者）は「左翼思想を持たない若者など無用の長物だ」と書いたが、ケッティーは左翼思想にどっぷり浸かった若者だった。春の革命で早い時期に殺害されたケーザウィンもそうだ。ザガイン地域パレー出身のケッティーは、ビルマ共産党（CPB）には属していなかった。彼は1946年にCPBが分裂してできた急進的グループ〈赤旗共産党〉（RFCP）に共感していて、彼の祖父と同じように赤旗に加わるほうがましだと私に漏らしたことがある。ケーザウィンとケッティーの死は、私の心に癒えない傷を残した――彼らはビルマ北西部の人気詩人であり、荒れ狂うチンドゥイン川を遡って泳いだ、私のヒーローだ。

II

ケッティーは2021年3月9日、ミャンマーの文学的記念日であるダゴン・ターヤーの誕生日の前日に死んだ。「彼らは頭を撃つ。彼らは革命が心臓に宿ることを知らないのだ」。ケッティーは人々が軍事政権の狙撃兵に頭を撃たれて次々と倒れている時、この一節を書いた。2021年3月8日午後9時、彼はテロリスト政権のために働く武装集団に拉致され、逮捕されて24時間経たないうちに死んだ。遺体は翌日、モンユワーの遺体安置所から返された。ケッティーと一緒に逮捕され数時間拘束された彼の妻は、遺体を取り戻すのにずいぶん苦労したそうだ。

その月の初め、私は当時の状況下で我々なりにダゴン・ターヤーの誕生日を祝うことについて彼と電話で話した。私はダゴン・ターヤーの誕生日に政治キャンペーンを始めることを提案した。「気が進まないな。ダゴン・ターヤーを尊敬していないのではない。俺は今、武力闘争をしている。ダゴン・ターヤーは暴力に反対していたから罪悪感があるんだ」とケッティーは言った。「ダゴン・ターヤーは武力闘争を全面的に否定していたのではないよ。彼自身は暴力闘争をしなかったけれど、大義のための戦いに反対はしなかった。僕はそう理解している」。私は彼を説得しようとした。

その会話の数日後、彼は死んだ。私は自分が葉っぱになって風に吹き飛ばされている気がした。ケッティーへの思いが最高潮に達したのは3月10日だ。

革命においては
君が何をしているか知られてはならない
君がどこにいるか知られてはならない
運動が成功した後で
君が死んだら
その時に君の名を知らせればいい

私が現在住んでいる地域で反政府運動の最前線にいる同志が発行した小冊子『バヘインの血』に掲載されたこのホー・チ・ミンの詩も、私にケッティーを思い起こさせる。春の革命の時、彼がどこで何をしていたか知っていた人はほとんどいない。ケッティーは2月にいくつかの反クーデター抗議集会で演説をしていたけれど、3月初めにケーザウィンの葬儀が行われた後、姿を消した。私は彼が国軍に対するゲリラ戦の訓練を地元でしていると、電話を通して知った。彼が何をしていたのか知っていたのは、ごく少数の同志や友人だけだ。

ケッティーについて書くのは容易ではない。革命はまだ成し遂げられていないのだ。私は慎重でなければならない。それでも私は、私の目から見てケッティーがいかに偉大な人間であったか、そして私がどれほど彼の死を惜しんでいるかを書きたいと思う。この不確実な時代に確かなことは何一つない。私自身、不確実な日々に直面している。彼について書いている間だけは、何も考えずペンの動くままにまかせよう。

彼の死を知った時、私は嘆き叫んだ。「わが友ケッティー、君は人々を解放するために、厳しい真実を自分の命に縛りつけようとこの世に生まれたのか」。彼の名の〈ティー〉は〈縛る〉、〈ケッ〉は〈厳しい〉あるいは〈難しい〉を意味する。私は人民に命を捧げた春の革命の偉大な歩兵、秘密武装グループの指揮官に対し、厳かに敬礼した。そして泣いた。

III

「刀を振るわれて奴隷にされた時、防御のために自分の刀を抜く勇気がなければ、歴史はあなたを奴隷にふさわしい者とみなすだろう」とかつて良心の囚人であった高名な作家バモー・ティンアウンは言った。私はケッティーに武装闘争をやめるよう忠告した。私たちは武器を手にするのは時期尚早だと考えていたが、彼は同意しなかった。平和的な抗議活動が全国に広がっていた時でさえ、彼は電話で話していた。「もう決めたんだ。俺は、あいつらは抗議活動だけではどうにもできないと思っている」。その時、私はなぜ軍隊が私を追っているのかわからずに、隠れ家を転々としていた。「とにかく、気をつけろ。最後には武装闘争しか手段がなくなる時が来るだろう。君の考えに反対はしない」と私は言った。

私はケッティーがずっと忙しくしていることを知った。彼は軍事政権に対するゲリラ戦を計画して仲間たちの先頭に立っていた。おそらくそのためにあれほど敵意を持たれて殺害されたのだ。

反植民地主義や反ファシストの闘争、そして国の独立闘争において、武装革命は常に決定的な役割を果たしてきたことを忘れないでいよう。

Ⅳ

藁束で虎を追い払うことはできない。虎は銃で撃たなければ。ケッティーは虎を手なずけようとはしなかった。

この丘のどこかに虎がうろついて
待ち伏せしている　恋人よ、
タケノコを採りに来た私を

チーアウンの「誓いを立てる」という詩はケッティーのお気に入りだった。「女房は俺のことをよく我慢してくれている。酒を飲むなと言うだけだ。ほんとに、あいつは俺の同志だよ」。私はこの詩を読むとケッティーの妻マ・チョースを思い出す。

ケッティーは背が高くがっしりしていて、大きな四角い顔を持った大男だった。「詩人と名乗ってはいるが、俺の作品はまだまだ未熟だ。俺はいつも怒りっぽい」とは、彼の自己批判だ。「おや、そうかい？ 僕は君が雑誌に詩を発表する前から君の詩のファンだったよ。詩想や言葉遣いが独特で、君の作品は特別だ」と私が言うと、「そう言ってもらえたらうれしいよ」と言いながら、彼は四角い顔を子供のようにほころばせた。

2021年7月末に新型コロナで死んだ、詩人でクラシックギタリストでもあったマンダレーのモーミンタンは、ケッティーのことを社会主義時代の四角い10ピャー銅貨にたとえて、「10ピャー銅貨みたいな顔の詩人」だと愛情をこめて言っていた。私はモーミンタンも、彼のウィットも恋しい。ケッティーは頑固で気難しい面もあったけれど、彼はただ単に自分らしくしていただけなのだ。

国立工科大学（GTI）卒業後、彼はしばらくエンジニアとして国境付近の地方自治体で働いていた。GTIで彼は私の1年下だった。私たちは二人ともネーウィンミン（1952-）とキンキントゥー（1965-）という文学者カップルが好きで、ケッティーが死ぬ数カ月前も彼らの作品について議論した。

ケッティーのことを知らない人は彼を高慢だと思ったけれど、直接会えば作品と現実の彼の態度に距離があることを理解し、彼のことが好きになった。ケッティーが死んだ時、私はモンユワーの詩人チーゾーエー（1977-2022）と電話で話した。私たちはケーザウィンとケッティーを失ったことで、ひどいショックを受けていた。

チーゾーエーとケッティーは仲が良くなかった。狭いモンユワー詩壇で彼らはライバルのように思われていたけれど、二人の間の反目は、どちらかというと小学生が遊び場でケンカしているようなものだった。「俺はチーについてふざけたことを言うのが好きなんだ。俺があいつをからかうのは、ただ単にあいつがからかわれるのを嫌っているからだ」とケッティーは言っていた。私は二人とも好きだし、二人を仲直りさせようとしたこともある。チーゾーエーは今、言い尽くせないほどの悲しみに沈んでいる。

V

ケッティーのことを思うと、その他の詩人や友人の思い出まで甦ってくる。ティッニェイン、ティッカウンエイン、詩人ラタンと彼の妻マ・チョー、アウンバニョウ、ルーエイン、コウ・ノウ、ヘインミャッゾー、キンゾーミン。モンユワーの詩人コウ・タントゥン、マウン・ペー、トゥンコウ、ニーニーラインウー、ミンニェインチャン、リンモウスエー、ナウンナウン。それからマ・ルィン。

1990年代に成人した私たちの世代は今年、広い海の上でずっと雨や嵐や津波と格闘していた。仲間が一人ずついなくなった。あの世に行くのは、家に歩いて帰るのと同じぐらい簡単なように見える。

詩にとってはなんと恐ろしい年だろう。苦《く》（ドゥカ）に満ちた時代に、たくさんの仲間が倒れた。国じゅうの詩人が断固として軍事政権に立ち向かった。ケーザウィン、テッニェインティッ、マウン・キンマイン（チャウ）、ロインルン、そしてケッティーが死んだ。ジョナサン、マウン・ユパイン、モウウースエーニェイン、パインティッヌエー、ハンリン、タンティンらは投獄された。ジョナサンとマウン・ユパインはまだ刑務所にいる。後の四人は２０２１年７月に解放された。

仲間の何人かは逃亡者となって厳しい生活を送っている。我々の詩は、軍の奴隷状態から国を解放する闘いが続く〈解放区〉に見いだされるべきだ。我々の詩は！

Ⅵ

生き延びること

私は英雄になりたくない
私は殉教者になりたくない
私は臆病者になりたくない

私は無謀な馬鹿になりたくない
私は感傷的な人間になりたくない
私は自分を恥じたくない

私は舌を切られた言論の自由を見た
私は獄中で人権と暮らした
私は不毛な日々を生き延びた
我々自身の地獄を終わらせよう——我々の力で

私は偉い政治家になりたくない
私は観念的な詩人《アダルマ》になりたくない
私は悪を助けたくない

もし残り時間が1分なら
私は自分の魂がその1分間汚れなく生きることを願う

ケッティー
2021年2月14日

Ⅶ

ある夜、私はケッティーと一緒にいた。彼は酒を飲み、私は飲まなかった。眠る前に私たちは同じベッドに横たわってそれぞれスマホを見ていた。「一緒に詩を書いてみないか？　俺は誰かと共同制作をしたことがない。今、やってみたい気分なんだ」。ケットゥーからメッセージが来た。ケットゥーはケッティーがSNSで使うアカウントだ。

私は、何を言っているのだろうと思った。すぐそばにいる私に、彼はわざわざスマホでメッセージを送ってきたのだ。私が黙っているので、彼はそれ以上何のメッセージもよこさず、静かになった。

それきりになるなんて、思いもしなかった。わかっていたら、私は彼の提案に応じたのに。

私は書き始めた。

二分の一の詩の中で君を懐かしむ
友よ、君のために今　詩を書こう

ケーザウィン　K Za Win（1982-2021）　四元康祐

獄中からの手紙
A letter from a jail cell

お父さん、
腹をざっくり
切り裂かれた川は、
ついに宣戦布告しましたね
川岸に建つちっぽけな僕らの家に対して。
あなたはきっといま家の前で
待っているでしょう、誰かが通りかかって
土手沿いに竿を打ち込み
川の流れをまっすぐに直したり、
土嚢で穴を塞いだりするのを

手伝ってくれるのを。
濁った水が
タケノコさながらみるみる嵩を増してくるなかで
あなたはきっと見遣っているでしょう
びっしりと実をつけて
収穫間近なゴマ農園を……。
そしてこう思っている、
口に含んだ一握りの米が
もうすぐ誰かの指で抉り出されるぞと。
もしかしたら、あなたは宗教に
救いを求めているかもしれない、五戒の教えを
噛みしめながら。
でなければ、息子が
ここにいないせいで、ぽっかり
開いた仕事の穴のことを考えているのでしょうか。
長男は詩人で刑務所に入っている、
長女は学校の教員、
次女は、卒業後家事手伝いで、

末っ子はまだ学生。
詩人の息子は、
いつか世間で使い物になるのだろうか、
あなたが雑草毟りに使う刀[注]（dah）のように？
お父さん、何も許してはいけない、
何も！
「息子よ、チャン坊よ、
お前のそばに誰かいるんじゃないかい？」
電話口であなたはそう訊いた。
「いま、バス停にいるんだよ
雑誌の原稿を郵送しにいくところなんだ」僕は誤魔化した。
被告席に座らされたあなたの嘘つき息子は
あなたに呼びかける
人殺しの連中を信じちゃいけない、
「我らの支援者たる農民の皆さん……」
なんて口先三寸で、奴らは父さんを背後から襲うつもりなんだよ、だから
奴らを一人残らず憎みたまえ、
父よ、憎みたまえ、奴らを一人残らず。

泥棒は
丸腰。
人殺しの連中は
完全武装。
泥棒がまかり通り、
人殺しがまかり通るなら、
そんな政府にいったい何の意味があるのか？
密林に何が起ころうと、
山野に何が起ころうと、
河川に何が起ころうと、
奴らは構いやしない。
奴らにとって、国を愛するということは
ココナッツミルクを採るために
ココナッツの実を
内側からすっぽり丸ごと
抉り取ることと同じなんだから。
台座に台座を積み上げて、自分たちの玉座の位置を高めてゆき、
ついにはお釈迦様の眉間の白毫に

銃口を突き付けるつもりでいる、
あの連中はそれくらい腐りきっているんだ。
そんな奴らを罵倒するのが
信心に反するというのなら
そんな宗教はこっちの方から願い下げだ。
お父さんの代わりに
僕が罵詈雑言を浴びせてやるよ。
「警察」を自称する連中に
一般市民を傷つけるなと要求すること
それがあなたの息子の
選んだ道だよ。
泥棒でも、人殺しでもない
あなたの息子は
いつの日か
あなたが雑草毟りに使うダーと同じくらい
使い物になるだろう。
だから今は、お父さん、
じっと見つめ続けていてください、

あなたが裸の肩で耕してきたあなたの農場を。
農民組合の
歌を
歌い続けていてください。

あなたの、
ケーザウィンより
ターヤーワディー刑務所
第10棟　第1号房にて

訳注　ダーはミャンマーの伝統的な刀

コウコウテッ　Ko Ko Thett　　吉川　凪

わが悲しきキャプテンたち[注]——ケーザウィンとケッティー

My Sad Captains: K Za Win and Khet Thi

2021年3月4日、私はミャンマーのモンユワーに住む親しい詩人からメールを受け取った。「悲しいニュースだ。昨日、ケーザウィンがモンユワーのパヤーニー近くで反クーデターの抗議活動をしている最中に殺害された」

私は完全に打ちのめされた。私がケーザウィンの詩「獄中からの手紙」を英語に訳したのは、その年1月だ。翻訳が気に入ったというメールを本人からもらった時にはうれしかった。私はウラジミール・マヤコフスキーの「詩についての税吏との対話」をビルマ語に訳しながらケーザウィンの詩のことを思い浮かべていた。彼はもう、この世にいないのだ。

2月初めの軍事クーデター以来、4月末までにミャンマー全土で700人もの人が抗議活動をしたという理由で殺された。多くの犠牲者は拘留中に拷問されて死亡した。暴力に直面して、平和的な抗議活動は〈自衛〉へと変わった。ケーザウィン、そしてもう一人のモンユワーの詩人チーリンエーは3月3日に殺害された最も早い犠牲者だ。当時、人々はまだ手製の武器や弾薬で対抗しようとはしていなかった。

ケーザウィンは青年時代を仏教の僧侶として過ごした。だが彼は、ミャンマーの軍事政権に学僧として認められたところで仕方ないと言って僧団を離れ、土地の権利を守るための活動家になった。モンユワーに近いレッパダウンに住む彼の家族とその他の何百世帯もの農家が、ミャンマーの当局者と結託した中国の万宝鉱業に土地を奪われたからだ。

2015年に大学生のデモ隊に合流した時、彼は学生ではなかったけれど、デモ隊がヤンゴン近くで阻止されて大部分の学生リーダーと彼が逮捕されるまで、マンダレーからヤンゴンに行く350マイルを学生たちと共に教育改革を訴えて行進した。彼は1年1カ月刑務所で過ごした後、彼の最も有名な著作である長編詩集『レイモンへの返事』を出版した。

ケーザウィンは詩人であると同時にビルマ語を教えるボランティア教師でもあった。彼はNLDの政策には批判的で、2020年の選挙ではNLDに投票しなかったそうだ。しかしNLDが圧倒的な勝利を収めた後、不正選挙を口実に翌年軍事クーデターが起こると、ケーザウィンは軍事クーデター反対運動の先頭に立っていた。ケーザウィンは、命を捧げる価値があると思うものに身を投じた多くの人のうちの一人だ。他にも詩人や作家を含め数百名の人が、クーデターに反対したというだけの理由で投獄され命を落としている。

ミャンマーという国家は、まともに機能したことがない。1948年の独立以来、内戦の絶えない少数民族の多い地方では特にそうだ。そして2021年になると、市民と軍隊の闘争はミャンマー本土の都市部にまで広がった。私にケーザウィンの死を知らせてくれた、匿名を希望する詩人が5月5日に送ってきたメールには次のような言葉があった。

ミャンマーでは軍事政権も民衆も戦争に向かって進んでいる。誰もが今日か明日にでも戦争が起こると予測している。人々が生来持っていた優しさは消えた。それに取って代わったのは、憤怒と報復の感情だ。かつては道端に横たわる傷ついた動物に同情していた人たちが、最近ではSNSにアップされた警官や兵士の死体を覗き込んでいる。そんな写真を見ている人々の顔はうれしそうだ。人々が戦争を望むことが正しいかどうか決める資格は、私にはない。しかし誰もが、戦争だけが日増しに狭まる空間から逃れる唯一の道だと思って戦争を望んでいるようだ。銃が漆黒の空を吹き飛ばせるという、わずかな望みを持って。

もう一人の友人である詩人ケッティーが3月8日にシュエーボウで治安部隊に逮捕されたと聞いた時、漆黒の空はもうこれ以上暗くなれないほど暗くなった。内臓を抜き取られたケッティーの死体は、連行されてから24時間も経たないうちにモンユワーの遺体安置所に返された。ケーザウィンと同様、ケッティーはモンユワー詩壇の重要人物だった。私はアンソロジー詩集を作るため2014年にミャンマーに帰国した際に彼と知り合った。

彼は、初めはよそよそしいけれど親しくなるにつれ、穏やかで、傷つきやすいほど優しい人だということがわかってくる。彼は自分のことを「固い殻に覆われたナッツ」だと言っていた。2015年に私と女友達はパレーにある彼の自宅を訪ね、夜どおし詩を語り、ギターを弾いて歌い、密造酒を飲んだ。ケッティーの両親は地域の農民のために、私が見たこともないような原始的な機械でピーナッツ油を搾っていた。

アメリカの詩人クリストファー・メリルはケッティーの詩を一篇読み、彼のことを「マンダレーでフランク・オハラ（アメリカの詩人、1926-1966）とオシップ・マンデリシュターム（ロシアのユダヤ系詩人、1891-1938）が出会ったような感じだ」と言った。私の知る限り、ケッティーは2017年のグーターピンでミャンマー軍に虐殺されたロヒンギャの人々に捧げた詩を書いた、唯一のビルマ族詩人だ。

ケーザウィンもケッティーも、自分の詩をとても丁寧に私に説明してくれた。彼らの詩を翻訳することで、私は自分の詩的想像力を鍛えることができた。私が2017年にザガインに住んでいた頃、酔っぱらって寂しかったのだろうが、ケッティーは午前4時に電話をかけてきた。私は2、3度そんな電話を受けた後、眠りを妨げられないように電話の電源を切ったことを後悔している。彼は私たちが2018年にイギリスに来た後、結婚した。

ケッティーの詩の次の一節は、わが悲しきキャプテンたちの気持ちを代弁してくれるはずだ。

私は戻ってくる
英雄として

天の股間を膝で蹴り上げる英雄ではなく
ひざまずき
大地に口づけする英雄として

訳注　この言葉は英国詩人トム・ガン（Thom Gunn）の詩"My Sad Captains"のタイトルから採ったと著者は語っているが、同じ言葉がシェークスピアの戯曲「アントニーとクレオパトラ」３幕13場の台詞にもある。命懸けで闘ったのに報われなかった指導者たちのことを表現したものらしい。

モウチョートゥー　Moe Kyaw Thu　吉川 凪

詩人パインティッヌエー
Pai Thitnwe

あいつのリュックは
いつも釣り針でいっぱい
ルネッサンス詩人ナッシンナウンや
ポストモダン詩人マウン・ティンカインで君を釣るつもりだ
車は詩に向けて常時スタンバイ
あいつ君を訪ねて来るよ
空中を歩いて

あいつのハードドライブは
蛆虫と

かろうじて読みとれるテキストと
昨日咲いて殴打された花に満ちている
ベッドは寝るスペースもない
君と僕の書いた本で埋め尽くされて

あいつは軽い氷河
でなけりゃ重い暖気
僕たちのエンジンに点火する

真夜中
あいつはサンヂャウンからターケーターまで歩いてゆける
あいつの名を認めない病院に
付き添い人は泊まれない
あいつ　馬鹿がつくほど
殴ってやりたいほど正直で
いつも汗まみれの
夕暮れみたいな男

もしどこかで出会ったら
あいつきっと緑色の水筒を持ってるぜ
リュックのサイドポケットに
ずっと持ち歩いてるんだ
君の渇きを癒そうと

コウコウテッ　Ko Ko Thett　四元康祐

リンモウスエー（1976-2017）を偲んで

Remembering Lynn Moe Swe (1976-2017)

僕が書き写した詩の中の葬式は、本日執り行われる。

いったい、どういうことかって？

リンモウスエーの詩「通夜が終わるまで」の最初の数行には、死後の世界が予感されている。

2017年9月18日月曜日の未明に、ディラン・トーマス症候群、またの名をアル中で死んだリンモウスエーは、ミャンマーにおける彼の世代を代表する詩人だった。享年41歳。

人の命の儚さは
瀬戸物の急須のごとし。なんて仏教の決まり文句を
彼らはふたたび叩き壊そうとしている。

今日のミャンマーにおいて、酒に溺れて死にいたるにはどれくらいの時間がかかるものだろう？　リンの場合は5か月だった。4月以来リンはBEと呼ばれる安酒を飲み続けていた。BEという名前はミャンマーが社会主義国だった時代の「ビルマ経済協力機構」（Burma Economic Development Corporation）から取られたものだ。モンユワー出身の詩人たちは、ディラン・トーマスばりの飲みっぷりと、乱暴な言葉遣いで有名なのだが、リンは例外的に内省的で内気な性格だった。それは彼の詩が与える精巧な印象でもある。

詩を書いていないときのリンは高校教師だった。彼の酒の飲み方は、2、3か月浴びるように飲み続けるというもので、たいていそれは2月から4月にかけての学校の春休みの時期だった。この酒浸りの期間、リンはほとんど詩を書かなかった。ところがこの数か月間というもの、彼は4月以降も飲みつづけ、そのアルコール依存には歯止めがかからなくなっていた。高校の勤務時間中にさえも、なじみのBE酒場で飲んでいる姿が目撃されたものだ。

詩人で親友のトゥンコウによれば、リンには4人のガールフレンド（そのうちのひとりはドバイのエンジニアで、たまたまミャンマーに滞在していたのでリンの葬儀にも参列したのだが）と、SNSをするための最新式のスマホと、高校へ通うためのオートバイがあったが、自殺願望のごときものはないはずだった。リンはとにかくBEが何よりも好きで、朝起きたらまずそれで顔を洗いかねないほどだった。高校から給料をもらうやいなや、彼は1か月分の酒代をBE酒場に前払いしていた。そうすれば次の給料が入るまで、金の心配を忘れて心置きなく飲めるからだった。

母親が私に語ったところによれば、いつもなら素直に言うことをきくリンが、死の数週間前になると母親の言葉を無視して飲み続けたという。どうにか息子を立ち直らせようと、母親は彼が教える高校の校長に、息子を諭にするよう頼んでみるつもりだった。リンはベースボールキャップが大好きだった。15個ほど集めていて、いつもそのひとつを頭に被っていたのだが、（と今度は父親が話し始めた）飲んだくれるたびにひとつずつ失くしてしまい、最後にはすべてどこかへ行ってしまった。死の前日、モンユワーの私立病院でリンは脳死を宣告された。その時点ですでに5日間昏睡状態にあったのだが、両親と友人の詩人たちが家に連れて帰ってからも、彼の心臓はまだ脈打ち続けていた。

彼らはリンが死んでゆくのを見守った。

死んで行く男が、風にそよぐ1枚の葉っぱであるかのように、彼らはお悔やみの言葉を述べた。

「ほんとに死んでいるのかな。眠っているみたいに見えるけど」

脳が死んでいるにも拘わらず心臓はまだ動いているので、彼らはひょっとしたらまた目を覚ますのではないかという一縷の希望にすがった。

彼らの泣く声がひときわ大きくなる。

もしもリンの耳に、説法の最後の「なにもかも、それでよし！」という言葉が聞こえたなら。

もしもリンが目を覚まして、歩き出したなら。

もしもリンが目を覚まして、こんな軽口を叩いたなら、

「オレ、死んだみたいに見えただろう、ホントは眠ってただけだったのに」

リンの遺体が自宅に安置されていた12時間ほどの間に、近所の墓地に彼の墓が大急ぎで作られた。ビルマによくあるコンクリート製の墓だ。その日の午後5時ごろには、葬式行列が墓に向かって動き出した。数台の自動車と何十台ものスクーター、ミャンマーの三つの詩人団体から贈られた三つの花輪と、彼がボランティアとして働いていたモンユワーの図書館からの花輪がひとつ、という構成だった。墓地に到着すると、葬儀に参加したひとに遺族から飲料水のボトルと洗剤とシャンプーの容器が入ったビニール袋が配られた。ミャンマーでは、死の穢れを清めるため、埋葬の後で身体を洗う風習があるのだ。葬儀場では坊さんたちがリンの遺体と遺族を前に、弔いの説法を行った。説法が終わると、坊さんたちは立ち去り、リンは出来たてほやほやの墓に運び込まれた。

遺族と友人が担いだ棺は、あっけなく墓のなかに収まった。ちょうどマッチ棒の引き出しがマッチ箱のなかに収まるような具合だった。それから隙間がレンガとモルタルで塞がれた。リンの葬式では瀬戸物のポットが割られることはなかった。高校の同僚のひとりが、正式にリンの校務を終了する辞令を読み上げた。図書館の職員は、リンのボランティアとしての活動を終了する辞令を読み上げた。

最後にリンから私に連絡があったのは、２０１７年4月14日のことだった。彼の未発表の詩50篇を添付したメールが届いたのだ。もしかしたら彼は私にそれを英訳して欲しかったのに、気が弱くて言い出せなかったのかもしれない。友人のひとりが小枝を手に、リンの霊にこう呼びかけて葬儀は終わった。冥途の旅に出発する決心をする前に、ひととき実家に戻って寛ぐがいいと。それはまさにリンモウスエーが書いた詩の一節そのものの光景だった。

いざ葬儀が終わると
もはや誰も墓地を振り返らない。
生者も、死者もひとしく
まっすぐ家に帰るのだ。
今日に限って黒犬が吠え立てないのはどうしてだろう?
　たった今、ひとりの男が一本の小枝に取って代わられたのだ。

初出　「BLARB－ロサンジェルス書評誌」２０１７年9月10日

リンモウスエー　Lynn Moe Swe（1976-2017）　四元康祐

平和を測る水量計

Stream gauge for peace

みんながそれについて喋っていたけど、
実際にそこに行ったものは僅かだった。

アヘンの花の上に掲げられた題名は、
「腹の底から欲しがっている」

丘を見上げるたびに仏舎利が恋しくなるって？
きっと仏教的好戦主義の副作用だな、それは。

ここには偏狭さがはびこっている。

桜の花びらに無煙火薬の匂いが染みついているように。
僕らは自らのなかへ流れ込む、
自分で速度をコントロールできない滝のように。

川の水位の上げ下げについて何も知らない奴に、
サルウィン川を非難する資格はない。

家族には
黙っている。
外の誰にも
話しはしない。
彼女は知らない、
ビルマ語で処女のことをなんというのか。
「ビルマ人の兵隊だったのか？」
と訊かれて、
彼女はただすすり泣き、それから
こくりと頷いた。

彼らは学校へやって来た、
靴を履かずに、
足もなしで。
地雷は
どこにも見つからない。

平和はぺらぺらの紙の上に載っている。
あなたは平和を知らない。
僕らは平和を知らない。

初出　「メコン・レビュー誌」２０１７年11月

ハンリン　Han Lynn　　三宅勇介

エレベーター
Elevator

棺が
エレベーターに入らない。
縦のまま入れるしかないか。

死体は
立ったままになっちゃうけど。

棺っていつもこんなに重くないよね？
台車の上に乗っけようか？

求む

棺を押す人もう一人
エレベーターで
棺は降りてゆく
高層ビルの中

初出　「Poetry International」２０１５年2月

マウン・ユパイン　Maung Yu Py　四元康祐

弟よ、これが１９８８年の真実だ
88 is like this, my kid brother

弟よ、１９８８年は昨日生まれたわけじゃない。
１９８８年は、闘う黄色い孔雀のステッカーでもない。
１９８８年は、民主主義を求めた闘士や銃弾に倒れた学生たち、
生き延びた者たちの胸に焼きつけられた
鉄の烙印の永遠の傷痕なのだ。

１９８８年は天気のいい日にだけ身に着けるような
純白の立襟シャツじゃない。
１９８８年は、「空に向けて撃ったりしない」銃から飛び出した
弾丸の雨あられのなかで

真っ赤な血に染まった上着のことだ。

自分の名前と政党を売り出すために
露天商よろしく声を張り上げる奴ら。
1988年はお上から許可を貰った拡声器で連呼する名前じゃない。
1988年は、もっとも暗黒の時代、
権力者の鋏によって真実が切り裂かれ、
彼らの銀インクで消し去られる時代の暗がりから
音もなく滲み出てくる名前の数々だ。

弟よ、1988年は昔々
ベナレス王朝の時代の
お伽噺なんかじゃないんだ。
1988年は本当に起こった出来事、25年前
お前の家の前のあの道路で実際に。

1988年は、死んだ象を山羊の皮で覆い隠そうとするような
政府系新聞のデタラメ記事じゃない。

１９８８年はちゃんとした海外の雑誌や新聞に掲載された
歴史的な映像の数々なんだ。

１９８８年は真っ白に塗り替えられた壁じゃない。
１９８８年は、過去から浮かび上がってくる壁、その煉瓦に
銃弾の跡や血が染みついている壁なんだ。

１９８８年はスリル満点手に汗にぎるアクション映画なんかじゃない。
１９８８年は、ブレンガン式装甲車であり、治安部隊であり、
警棒であり、盾であり、催涙弾であり、
爆弾であり、リーエンフィールドライフル銃であり、自動小銃であり、銃剣
　であり、
青い塗装の刑務所車両であり、鉄条網であり、ガソリン缶であり、
先の尖った自転車のスポークスを放つパチンコであり、
蛮刀であり、竹槍であり、投槍であり――本当に起きた出来事
何千人もの人びとが殺された
死に物狂いの戦いだったんだ。

１９８８年は、突如として、晴天の霹靂の如く勃発した、
狂気の沙汰の、ギャングの抗争なんかじゃない。
１９８８年はミャンマー全土の魂から溢れ出し
路上へと氾濫した巨大な波だった。人びとはもう
それ以上耐えられなかったのだ、頭だけはすげ変わっても、
いつも同じ軍靴を履いた軍隊の横暴さに。

１９８８年は役立たずだという理由によって
捨てられたまさに役立たずな竹籠なんかじゃない。
１９８８年は、政府軍よりも強かった、権力側は
びびりまくっていた。１９８８年に立ち上がった者たちは
真の英雄だった、葦のように断ち切られ
おまけに根っこまで掘り出されても闘い続けた。

１９８８年は時代遅れで無用と化したアイデアなんかじゃない。
１９８８年は権力の取り巻きの金持ちどもの夢に憑りついた
米粒の亡霊だ――連中は
権力のおこぼれに与ってぶくぶく太り、

奴隷の運転手みたいにご主人さまを喜ばせようと躍起になっている。

１９８８年は臭いものに蓋の
歴史の幽霊なんかじゃない。１９８８年は
ろくな教育も受けられず、経済恐慌に打ちのめされながら
必死で生き延びようとした人びとの
頭と心の鋳型から取り出された恐怖の塊だ。

１９８８年は学校の教科書の検定に引っかかった
歴史の授業なんかじゃない。
１９８８年はビルマの誰もが心に刻み付けた
石の碑文だ。

弟よ、１９８８年が自分に関係ないなんて思うなよ。
１９８８年はお前の人生の宿題だ
なんどもなんども繰り返し勉強すべき宿題なのだ……

ミンコウナイン　Min Ko Naing　柏木麻里

お絵描き

Drawing
鉛筆は削りたてのほやほや
さあ、お絵描きを始めよう
教室を描いてもいいし
ヌードだってＯＫ
君の自由だ
この国の絵を
どこもかしこも武器で埋め尽くしてもいいし
鳩の舞う祝福の国に描くのもありだ
それは君の自由
だいじょうぶ、もし君が

戦場やら、血なまぐさい争いやらを見るのがいやで
目をそらしたって
誰も君を臆病者呼ばわりなんかしない
でもね、いいかい
どんな絵を描くにしても
君はそこに必ず
自分の名前を
サインしなくてはいけないよ

ミンコウナイン　Min Ko Naing　　吉川 凪

落ちた星たちの花婿　ターヤー・ミンウェー（1966-2007）に捧ぐ

The groom of fallen stars--*a poem in tribute to Taya Min Wai, 1966-2007*

1

友よ
君は君の信念を
実の子供のように育んだ

2

友よ
君は
自らの傷を灯の油みたいに燃やした

3

友よ
君は
自らの傷をなめて
よみがえった

4

友よ
君は肌をゆったりと布で覆い
自分の骨で作った針で
衣装を縫って
豪奢に装う必要があった

5

ねえ、友よ
僕たちはここにいなきゃいけない
星が一つずつ落ちてくる
この世界の傷を

できる限り癒すために

6

ねえ、友よ
僕たちはここにいなきゃならない
数多くの太陽の焼けつくような光から
地球の傷を隠すんだ
僕たちの手をかざして

7

ねえ、友よ
僕たちはここにいなきゃならない
世界の悲しみのレコード盤に
君の詩集の目次を書くために

8

さあ、友よ
孔雀の旗[注]が再び

キャンパスの壁に翻るその日
僕たちは……

訳注　闘う孔雀の旗はもともと学生評議会の旗だったが、現在はＮＬＤの旗として使用されている。

マウン・チョーヌエー　Maung Chaw Nwe（1949-2002）　吉川凪

枯れることは咲くこと

To wilt is to bloom

花にとって
枯れることは咲くこと
一つ摘み取られれば
一つ芽を出し
二つ斬られれば
二つ咲く

さあ　私たちを殴れ
突風で倒し
凶悪な刃で斬り落とせ

力の限り吹き荒れて
つぼみを散らして踏みにじり
見るがいい　私たちがひるむかどうか

枯れることは咲くこと
それが花の教理
私たちは再び立ち上がる
たとえ潰され　倒されても

訳注　吟遊詩人のように放縦なことで知られたマウン・チョーヌエーが、「私は節制して暮らすことなど考えたこともない」と宣言したのは有名な話だ。彼は、自分にとって詩は、「業《ごう》としての病であり天刑」だと言っていた。その早すぎる死は同時代の人々やファンにとって最も悲劇的な事件の一つだ。彼は妻ミンミンセインと3人の子供のおかげで生きていた。彼の作品は今でも人気が高く、新世代の読者やビルマ語詩人に大きな影響を与え続けている。

マウン・ユパイン　Maung Yu Py　柏木麻里

大いなる氷の大地の下に

Under the great ice sheet

大いなる氷の大地の下に
大いなる国が、生きたまま埋められている
大いなる国の下の
大いなる教会に、我々を護ってくれる神はもういない
大いなる教会の下には
大いなるいくつもの戦争が埋葬され、一つに溶けてくっついている
大いなる戦争の下には
大いなる文化博物館が、見る影もなく、変わり果てた姿
大いなる博物館の下には
使えなくなった札束

札束の下には
骨が皮膚を突き破り、目を落ち窪ませた奴隷たち
奴隷制の下には
石ころで入口を塞がれた、石器時代の洞窟
石器時代の下には
退行的進化
進化の下には
海――母なる地球を生んだ母――は、出産で死んだ
海の下には
あろうことか、大いなる氷の大地
大いなる氷の大地の下には…

＊「詩の郵便」

コウコウテッ　Ko Ko Thett　四元康祐

夜間外出禁止令
curfew

君が会いに来てくれた時
僕は散歩していた
昔のことを懐かしく思い出しながら
だからばったり道の真ん中で君に会ったりしたわけだ
少年時代は霧の向こう
君から聞いて
僕も思い出したよ
幼かった頃
僕が空に向かって蹴っ飛ばしたあの赤いボール
まだ僕の膝の上には落ちてこない

君が教えてくれると云った
正しい梟の鳴き声も
まだ教えてもらっていないね
僕らは一心同体だった
この世の苦しみなんて知らないで
頭の後ろをくっつけ合ったまま
互いの髪をひとつに編み合わせていた
君は未来を覗きこもうとし
僕はいつも今だけだったが
どっちにしても過去なんて持ち合わせてはいなかった
僕らが最後に会った日
何百という死体が、俯せになって、
痛みの川に浮かんでいるのを見たあの日、
僕らが学校をさぼっては
泳ぎに行っていたあの浅瀬で……
その死体のひとつが君だったとは
でも僕は今でも君がやってくるのを待っているよ
僕にはまだ分からないんだ

どうして、この町では、
果物の樹だけが白く塗られているのか
夜間外出禁止令に背くことは戒厳令に背くのとはわけが違うと
君は云ったけど、僕はそんなことはないと云い張った
でも最近ではどっちにしたって
外出なんて滅多にしない
今だって
ほら
誰もいない街路を覗いているだけだ
何日か前の夜なかに
舗装の剝げた穴ぼこに植えたハマユウ[注]が
花をつけていないかどうか
確かめるために。

訳注　ハマユウの英語名はPoison Bulb、直訳すると「毒の球根」。

＊「詩の郵便」

コウコウテッ　Ko Ko Thett　四元康祐

匿名の覚醒者たちの集会
A union of woke anonymous

［a］

コメに砂利、雨には小便
カレーに汚水、血には砂糖
64年間も堪え忍んできたんだ
阿鼻地獄でだってきっと生き延びただろうよ。

［b］

読書会を開いたというだけで、なんと懲役20年。
最初の10年、連中は俺のはだしの踵に針を刺しこんで、便所座りを
強制しやがった。両手をまっすぐ前に伸ばして、「バイク乗り」の刑だって。

次の10年、俺の両足はコンクリート漬けにされていた。俺はボトムアップで腐っていった。

家族に通達された俺の死因は「心臓麻痺」だったと。

［c］

八歳で、あのケダモノと結婚させられました。ところが初夜に、そいつは食中毒で死んだんです。私は結婚殺人の罪に問われて、村人たちに石打ちの刑で殺されました。

［d］

土地強奪者がわが先祖代々の土地のほんの一部を返してくれたとき、わたしは礼を言おうとしなかった。そいつは私の頭を撃ち抜いた。

［e］

ぼくがまだひよこだったとき、ママが電子レンジのなかでローストされているのを見ました。ある晩自分の止まり木に戻ってくると、ぼくは自転車に轢かれて死にました。

［f］

実験用モルモットの待遇改善のための署名をスマホで入力していた時、あの
事件に圧し潰されたのだ。

［a、b、c、d、e、f全員声を合わせて］
生きのびた我らの仲間に
祝福の杯を掲げよう
グラスを合わせる音はさせないで
静寂のなかで飲み干そう！

＊「詩の郵便」

詩人紹介

I　2021

ケーザウィン　K Za Win（1982-2021）

元仏教僧、ビルマ語教師、土地権利問題の活動家でもあった詩人。２０１５年には教育改革を訴えて学生たちとともにマンダレーからヤンゴンまで５００キロ以上のデモ行進に参加したため逮捕され、13か月間投獄される。代表作に長編詩集『レイモンへの返事』。２０２１年３月３日、モンユワーでクーデターへの抗議デモに参加中、治安部隊に射殺された。

オンマーミン　Ohnmar Myint

詩人ケーザウィンの妹。学校教師。本稿はこのアンソロジーのために書き下ろされた。

モウウースエーニェイン　Moe Oo Swe Nyein

モウウースエーニェインは、２０２１年３月27日にヤンゴンにおける抗議活動で、治安部隊に誘拐された詩人の一人。逮捕される直前まで、彼は「ミャンマーの春の革命」に関する詩のミニ・アンソロジーの編集と発行、オンラインでの配本を行っていた。彼はその後、同年７月に、他の詩人や芸術家とともに、インセイン刑務所から釈放された。この詩は、２０２１年３月10日に作られた。

ミチャンウェー　Mi Chan Wai（1953-）

ミャンマー・モン州のタトン出身の女性作家。１９８4年、最初の短編小説「筏男としての私」を「ベイッ」誌に発表。その後ミャンマーの複数の文芸誌に、ベイッ諸島を舞台に、漁師や潜水夫、その家族を題材とする短編を発表。２０００年短編集『傷心の牡蠣、その他の海の物語』で国民文学賞を受賞。

マ・ティーダー　Ma Thida（1966-）

ヤンゴン、サンヂャウン郡区出身。外科医、作家、元良心の囚人（1993-1999、ヤンゴンのインセイン刑務所）、国際ペンクラブ理事。反体制派として、軍事政権と野党の国民民主連盟の双方を舌鋒鋭く批評し続けている。２０２１年の軍事クーデターを受けてミャンマーを離れ、他国で安全を確保している。

ニープレー　Nyi Pu Lay（1952-2023）

マンダレー出身、高名な反体制の作家たちを生んだルードゥ家の末裔。彼自身、１９７０年代と90年代に、二度にわたって良心的政治犯として投獄された。社会の底辺に生きる人々を描く短編小説が特に有名で、これまでに12冊以上の短編小説集と3冊の長編小説を発表、２０１６年には国民文学賞を受賞。写真家、パフォーマンスアーティスト、環境活動家、ミャンマーペンクラブの会長でもあった。

ドクター・ミンゾー　Dr Myint Zaw

環境問題ジャーナリストにして活動家。2015年には、ミャンマー北部のカチン州でのミッソンダム建設反対運動により、環境分野でのノーベル賞ともいわれるゴールドマン環境賞を受賞。

ガバ　Nga Ba

ガバは有名なミャンマー詩人の仮名。1947年に出版されたマウン・ティンの小説の題名、およびその主人公である貧しい農民の名前から取っている。

インクンル　Nhkum Lu

ミッチーナー出身のカチン族の作家。2021年のミャンマーのクーデター以前にはヤンゴンにいて国際的なNPOで働いていた。同年7月、ミャンマーを襲った新型コロナの第3波を生き残った。

ニンジャーコーン　Ningja Khon

2021年にヤンゴンで作られた人権団体のプログラミング・オフィサー。それまでは、ミャンマーの、「カチン女性平和ネットワーク」のコーディネーターとして働いており、その前には、「カチン女性協会タイランド」のコーディネーターも務めていた。オーストラリア国立大学（ANU）で国際関係学の修士号を取得。

ナンダー　Nandar

フェミニズム活動家。パープル・フェミニスト・グループの創設者にして代表、ポッドキャストのホストとしても活動。2020年BBCの「世界の女性100人」のひとりに選出され、2023年には英国ヨーク大学により「人権保護者のためのフェローシップ」を授与される。

エーポーカイン　A Phaw Khaing

1980年以降ミャンマーの文芸雑誌に幅広く作品を発表してきたベテラン詩人。Maung Ni Min および Ant Awe Aung という筆名でも知られている。Kandayawaddy, Ludu Pɔnyeik, Black & White Journal 各誌の編集者を務める。息子ミンカンソウ亡きあとも、遺された3人の子供たちとともにヤンゴンに在住し、執筆をつづけている。

ミンサンウェー　Min San Wai

ミャンマー出身の詩人。ミンサンウェーは仮名である。

プラグX　PlugX

さる有名な詩人の仮名。2021年の軍事クーデター後、政府職員の仕事を放棄し、市民的不服従運動に参加した。

サライン・リンピ（ミンダッ） Salai Ling Pih（Mindat）

ミャンマー西部チン州ミンダッ出身のチン族作家。ミンダッでは２０２１年４月24日に軍当局が７人の若者の身柄を拘束したことから紛争が生じ、同年８月までに80人以上のチン族住民が殺害されたと報じられている。

コウ・インワ Ko Inwa

有名なミャンマー詩人の仮名。

モウヌエー Moe Nwe（2001-2021）

別名ソウナイントゥン（Soe Naing Tun）。彼はカチン州の20歳のミッチーナー工科大学の学生だった。２０２１年３月25日に、ミッチーナーの百マイル南東にある、故郷のモウニンでの抵抗運動の支援中に、治安部隊から逃げて隠れたが、追いかけられ頭を銃撃された。この詩は、同年２月20日に書かれた。

ティーハティントゥン Dr Thiha Tin Tun

外科助手であったティーハティントゥンは２０２１年３月27日、マンダレーで治安部隊の侵攻を防ぐためのバリケードを築くのを手伝っている際に頭を銃撃されて死亡した。享年27。

トーダーエーレ　Thawda Aye Lei（1984-）

ビルマ語作家トーダーエーレはこれまでに四つの長篇小説と二つの短篇集を出版した。現在はビルマに拠点を置く国際NGOでジェンダーとメディア関係研究の研究員として働いており、2021年、カナダのマックマスター大学政治学科博士課程に入学した。

ダリル・リム　Daryl Lim

シンガポール出身の詩人、翻訳家、編集者。最新詩集*Anything but Human*は2022年シンガポール文学賞候補。彼が企画・編集した*Food Republic: A Singapore Literary Banquet*（食品共和国：シンガポールの文学晩餐）は世界グルメ料理本特別賞を受賞。

ニンカーモウ　Hnin Kha Moe（1963-）

ヤンゴンに生まれる。1983年詩誌Shumawaで詩人デビュー。1990年から1993年まで軍事政権により良心の囚人として拘束される。2000年には家族とともにノルウェーに移住するも、2014年ミャンマーに帰国して出版社の編集者となる。2005年以降数冊の詩集を発表し、2015年にはNorth-Western Plain Poetry Awardを受賞。2021年の軍事クーデター後もミャンマーにとどまっていたが、2023年再び出国。

チョーズワー　Kyawswa

チョーズワーはミャンマー出身の詩人の仮名。

コウコウテッ　Ko Ko Thett

ミャンマー出身の詩人。ミャンマー詩の英訳を広く手掛けるとともに、詩誌メコンリビューの編集者。ヤンゴン工科大学在籍中の1990年代、非合法地下出版に詩を発表。1996年の学生運動に参加したことにより拘留されたのち、翌年ミャンマーを出国。以降現在にいたるまで亡命生活が続く。ミャンマー現代詩の英訳アンソロジーで英国ペンクラブの翻訳賞受賞。最新作にBamboophobia（竹恐怖症、2022年）。イギリス在住。（「編訳者あとがき」参照）

II　1988-2020

ケッティー　Khet Thi（1976-2021）

ミャンマー北部ザガイン地域の出身。2004年から2012年までエンジニアとして働くが、その後はアイスクリームやケーキを売ることで生活を支えながら詩作に専念する。1996年の学生運動および2007年の反政府デモ（通称サフラン革命）に参加。2021年2月の軍事クーデター以降は、ザガイン南部で反体制運動の指導者となる。同年3月8日、妻とともに逮捕。妻は数時間後に釈放されるが、ケッティーは取り調べ中に死亡。当局は「心臓麻痺による死亡」と発表するが、戻ってきた遺体からは臓器が摘出され、胸部、肋骨、手首に打撲の跡があった。死後、ケッティーは反体制運動のシンボル的存在となり、その詩の一節「彼らは頭を撃つ。彼らは革命が心臓に宿ることを知らないのだ」は革命歌として広く愛唱されるようになる。

サンニェインウー　San Nyein Oo（1976-）
マンダレー生まれの詩人、エッセイスト、編集者。1995年のデビュー以来、他のミャンマー詩人との共著を含む詩集を多数発表し、文学賞を受賞。1991年には学生運動に参加して6か月の拘置。2021年2月の軍事クーデター後には抵抗運動のリーダー格となるが、マンダレー地方の軍当局に4度にわたって自宅を捜索され、同年10月にタイへ亡命。2023年ヤンゴンのEras Books社より南田みどり氏の日本語訳とミンアウンの英訳を付した三か国語詩集『苦難伝』を出版。

モウチョートゥー　Moe Kyaw Thu（1974-）
詩人にして建築家。2019年以降ミャンマー詩人同盟の会長を務め、ほかの著名詩人4人とともにヤンゴン詩人賞を創設。これまでに詩集2冊を出版し、Kabya Lokaなどの文芸誌に作品を発表。2017年にはミャンマーでもっとも権威のあるCentral Yoma Poetry Awardを受賞した。

パインティッヌエー　Pai Thitnwe
マンダレー出身。2014年に第一詩集*Attention Please, Members of the Public who I Regard as My Own Parents*を発表。ほかに2冊の詩集を著すかたわら、ミャンマーの雑誌編集者として活動。

２０２１年３月27日ヤンゴンで検挙された詩人のうちのひとり。同年７月１日、悪名高きインセイン刑務所から釈放。この詩「詩人パインティッヌエー」は、ミャンマー詩人同盟の会長だったモウチョートゥーによって２０１９年４月16日に発表されたが、パインティッヌエーの逮捕後あらためてソーシャルメディアに掲載された。

リンモウスエー　Lynn Moe Swe（1976-2017）

ミャンマー現代詩を代表する詩人のひとり。第一詩集*News that stays news*（2015）を発表した時点ですでに広く知られていた。モンユワー地方の詩人たちと*Schoolmates*という叢書を刊行し、２０１６年には地元詩人のアンソロジー詩集を発表。２０１７年１月15篇の詩稿をヤンゴンの編集者に託した直後から大量の飲酒を始め同年９月に死亡。

ハンリン　Han Lynn

３冊の詩集*No Matter How Far Communication*（2014）、*Para*（2015）、*Sankranti*（2018）を出したのちは、詩人としての活動を休止して、世界各地の民族楽器の収集に熱中。２０２１年３月27日、ヤンゴンでの抗議活動により他の詩人たちとともに逮捕。同年７月１日、インセイン刑務所から釈放される。ふだんはギター教師として活動。

マウン・ユパイン　Maung Yu Py（1981-）

ミャンマー最南端に位置するアンダマン海に面した町ベイッ（旧称メルギー）出身。主な詩集に*There is a New Map for That Little Island Town Too*（2007）、*With the Big Television Turned On*（2009）。２０２１年３月８日、ベイッでの抗議活動に参加したことにより弁護士とともに逮捕される。２０２２年９月釈放。

ミンコウナイン　Min Ko Naing（1962-）

ミャンマーでもっとも有名な反体制民主活動家のひとり。１９８８年ヤンゴンでの民主化デモにおける全ビルマ学生同盟の指導者として頭角をあらわす。１９８９年から２００４年、２００６年９月から２００７年１月、そして２００７年から２０１２年の３度にわたって「良心の囚人」として投獄される。最初の服役から釈放されたのちの２００５年、２０１０年代以降の軍事政権に対する最大の抵抗勢力となった「88世代学生グループ」の結成に関わる。２０２１年の軍事クーデター後は地下に潜行して反体制活動を続けている。画家、詩人でもある。

マウン・チョーヌエー　Maung Chaw Nwe（1949-2002）

現代ミャンマー詩の中で最も読者の多い詩人の一人。ミャンマー国外には一度も旅行したことがなかった。大きな人気を博し、１９９０年代には新しい世代のミャンマー詩人を育てたが、２００２年に急逝。

彼らはどこからやって来たのか――『ミャンマー証言詩集』に寄せて

南田みどり

彼らを生んだ風土

日本の1.8倍の面積を持つ菱形の国土のほぼ半分は山岳地帯だ。万年雪を抱くヒマラヤに連なる急峻な山が北に聳え、エーヤーワディーやスィッタウンやタンルィンなどの大河が南下する。西はバングラデシュとインド、東はタイ、ラオス、中国が囲み、西南にはベンガル湾とアンダマン海が広がる。北部を除き亜熱帯に属し、モンスーンの影響で雨季と乾季の差が明瞭だ。中央平原は寡雨の乾燥地帯だ。

有史以来多くの民族が山を越え海を渡ってこの地に到来した。いま5500万に近い人口の7割を占めるビルマ族は、7世紀頃南下して8世紀頃に定住したというが、その前に早くもモン族、パラウン族、ワ族が、次いでチン族、カチン族、ラカイン（アラカン）族、ナガ族、ピュー（9世紀後半国家が滅亡）族、さらにシャン族、カレン族が到来していたと、作家バモー・ティンアウン（1920-78）も『ミャンマー国史』（1963年）で述べる。

この地は民族抗争のるつぼだった。11世紀、第一次ビルマ族統一王朝は南部のモン王国を制覇し、南伝上座部仏教とモン文化を導入し、13世紀後半に自壊する。続いて東北台地を降りて覇権を握ったシャン族が、モン王国と抗争を続けた。16世紀、モン王国を制覇した第二次ビルマ族統一王朝は、18世紀半ばにモン軍の攻撃で滅亡する。この頃から抗争に西欧列強も参入した。モン軍を破った第三次ビルマ族統一王朝は、アラカン王国、アユタヤ、マニプール、アッサムまで領土を拡げたが、19世紀に三度の対英国戦争で敗れた。

この地の全民族が固有の言語と文化を持つ。ビルマ族の母語は、チベット・ビルマ語系のビルマ語だ。ビルマ語の「ミャンマー」「バマー」はビルマ族をさす同義語だ。「ビルマ」という語はオランダ語からの借用語で、日本で明治初期から使用された。12世紀の碑文に「ムランマー」、16世紀のポルトガル商人の手記には「ブラマー」なる民族名が見られる。前者は文語の「ミャンマー」に、後者は口語の「バマー」に転化した。両者には「ジャパン」と「ニッポン」のような差もない。1948年の独立にあたり、両者は国名として併用され、ビルマ語は公用語となった。

1989年、軍事政権は国名の英語表記をMyanmarに統一した。Burmaはビルマ族を、Myanmarは全民族をさすという耳慣れない根拠が示された。ならば、「ミャンマー語」は全民族の言語を、「ミャンマー文学」は全民族の言語による文学をさすのか。「ミャンマー文学」に限れば、政権はそれをビルマ語文学と同義的にしか使用していない。

本稿は、ビルマ族の母語・ビルマ語で表現された言語芸術であるビルマ語文学をビルマ文学と呼ぶ。ビルマ語古典文学は民族抗争の覇者・ビルマ族の支配階級の文学だ。それは12世紀から、ビルマ族宮廷の庇護下で、韻文を中心に、仏教文学の影響も受けて発展した。

彼らを育てたビルマ文学

英領下で文学が宮廷を出て市井に降り立つと、韻文から散文が、詩から小説が主流となっていく。公用語は英語だったが、英語文学は育たなかった。1842年に初のビルマ語新聞が、92年にビルマ語日刊紙が創刊され、1904年にはビルマ語翻案散文小説が登場した。05年に雑誌が創刊されると、多くの散文小説が育っていった。

復古的民族運動の弾圧後、学生・知識人が独立闘争の前面に立つ1930年代、日常を写実する「キッサン（時代を探る）文学」が登場した。英国帰りのゾーヂー（1908-90）やミントゥウン（1909-2004）が詩壇にヨーロッパの詩風を持ち込み、日常を素材に簡明な定型詩でビルマ新体詩の礎を築いたのだ。同じ頃、独立闘争の激化を反映して、マハースエー（1900-53）やテインペーミン（1914-78）の反植民地小説が登場した。またタキン・コウドーマイン（1876-1964）は、四連詩や仏教注釈などの古典形式を用いて、痛烈な反植民地精神を示した。彼らは政治活動と文学を両立させる新しいタイプの知識人だった。30年代後半の闘争の高揚の中で、「ナガーニー（赤い龍）」読書クラブが左翼書籍などを翻訳・出版し、ビルマ共産党が生まれた。

1942年、日本軍占領下でビルマ語は公用語となった。インドに亡命して連合国との関係修復に努めたテインペーミンを除き、作家たちは対日協力を装いつつ、作家協会を再建し、機関誌『作家』を創刊し、文学賞を創設した。44年の抗日統一戦線の結成、45年の抗日蜂起を経て、彼らは独立獲得闘争の渦中に身を投じる。

新しい経験は新しい書き手を育て、独立前後から文学の階級性に関する論争が生じた。テインペーミンや詩人で作家のダゴン・ターヤー（1919-2013）も、階級闘争の武器としての「人民文学」「新文学」の創出を謳った。プロパガンダに反対する芸術性重視派作家はこれに異を唱えたが、時代の趨勢は前者に優勢だった。

しかし「新文学」「人民文学」の精神は創作に十分結実しなかった。それは、抗日・独立闘争をたたかった勢力の分裂と無関係ではない。独立直後、共産党の武装蜂起に続き、軍の一部やカレン族など少数民族も蜂起した。長期にわたる内戦が始まった。国土は政府支配下の合法地帯と反政府軍支配下の非合法地帯に分断され、ビルマ文学は分断社会の合法地帯からの発信媒体の一翼を担っていく。

彼らの知る文学の受難

合法地帯では議会制民主主義の下、社会主義福祉国家が目指された。しかし、社会党、地下共産党のシンパ的左翼政党、投降左翼政党など合法政党も離合集散を重ねた。政治組織の分裂は作家組織の分裂をも促した。

分断社会でものを書く人びとは、監獄と至近距離にあった。戦後作家拘束の第一波は独立直後に訪れた。地下の共産党との接触容疑による逮捕だった。1951年に各地で戒厳令が解除され、52年にウー・ヌ内閣が発足するが、53年にはバモー・ティンアウンやルードゥ・ウー・ラ（1910-82）など言論出版関係者の逮捕が増加した。いずれも非合法組織との接触容疑だった。これが戦後作家拘束の第二波だ。

拘束第三波は、58年の国軍による第一次クーデター直後だ。小説家やジャーナリストがヤンゴンのインセイン刑務所からアンダマン海のコウコウ島に流刑された。英領時代や議会制民主主義時代の政治囚は一般囚人より厚遇されたが、この時期から待遇は劣化した。そのような中でも50年代文学界では長編小説が主流となり、抗日小説、内戦小説、農村改革小説から様々な階層の人生を描写する「人生描写」小説などが多数出版された。

60年に議会制民主主義が復活するが、62年に第二次クーデターで「社会主義」という名の軍事官僚独裁政権が登場した。ヤンゴン大学生の反軍政デモが鎮圧されると、学生組織は非合法化された。63年の反政府軍との和平交渉決裂直後には、合法左翼や組合指導者や作家が大量に逮捕された。活躍中のミャタンティン（1929-98）は6年間流刑された。これが戦後作家拘束の第四波で、以後拘束は断続的に続いた。

作家組織は解散し、文学はビルマ式社会主義建設への貢献を義務付けられた。「ビルマ社会主義文学」を称揚する小説も登場したが、むしろ政治的主張を排して民衆の日常を活写する「人生描写」小説が増加する。74年にビルマ社会主義連邦共和国憲法が公布され、形式的「民政移管」が完了すると、75年頃から事前検閲が始まった。60年代に受賞者多数を輩出した国民文学賞長編部門も、統制強化の結果、受賞作空白年が増加した。作家たちが創作を手控えたのだ。ミャタンティンは翻訳に転じ、人気作家ナインウィンスエー（1941-95）は78年に共産党の「解放区」へ逃れた。

筆を断つ男性作家に代わり、70年代から80年代にかけて女性作家の「人生描写」長編が浮上した。「女性作家時代」なる呼称が登場した。だが88年に国軍が「社会主義」の仮面を棄て、第三次クーデターでむき出しの軍事政権を登場させると、さらなる検閲強化が「人生描写」

長編を減少させた。国軍はビルマ族仏教文化至上主義を掲げ、市場経済を独占し、武装組織の一部に経済活動を許した。国軍幹部とその親族、彼らと親密な事業家・クローニーらによる利権的支配のもとで、貧富の差は拡大した。

80年代後半から90年代には「短編黄金時代」なる呼称が登場した。言論統制下、民衆の日常の困難すら報道できないジャーナリズムにかわり、検閲の間隙をついて民衆の日常の細部の真実を描く「人生描写」短編が健闘したのだ。さらなる生活破壊と言論出版弾圧の嵐が吹き荒れる世紀末、短編の撤退した誌上を占めたのが詩だった。

四音節形式の呪縛を打破して

ビルマ語は声調を持ち、子供たちは詩的な響きの中で育つ。作家の多くはすでに十代から詩を書きだす。定型詩は基本的に一行四音節で、一行目の第四音節、二行目の第三音節、三行目の第二音節が同韻（同声調）となる。時には一行四音節以上のものや、行末音節が次の行の第一音節または第二音節と同韻となる変型もある。ビルマ族王朝では様々な定型詩が開花した。古典詩の内容・形式は植民地以降も踏襲され、復古的内容が定型詩で壮麗にうたわれた。王朝風に揺さぶりをかけたのが、30年代に登場した前述の「キッサン文学」だった。しかし、四音節を基本とする押韻形式は踏襲されたままだった。

戦後も長らく詩は四音節形式の影響下にあった。戦後詩は、内容・形式ともに「キッサン」を踏襲する新「キッサン」派と、前述の「新文学」派の二派に分かれた。後者は前者を階級的視点に欠けると批判した。「新文学」派内部でも論争があった。テインペーミンはダゴン・ターヤーの詩を、読者が理解に苦しむ「奇妙な新造語」が多く反人民的だと批判した。

こうした論争と並行して、50年代から60年代は、和平や内戦停止や被抑圧階級解放を表白する詩が多数登場した。62年以降はビルマ式社会主義を称える詩も増加した。いずれの詩もおおむね四音節あるいは八音節一行を踏襲した。「革命」詩人を自称するものたちも、形式的には「キッサン」の枠から解放されなかったのだ。

68年『モウウェー』誌が創刊され、自由韻詩が登場した。それは四音節にこだわらず、必要に応じて音節を増やし、踏韻箇所にも制限がなかった。枠からの解放は自由な表現の可能性を拡大した。これがビルマ・モダン詩の先駆けだった。だが、当時は大半がこれに難色を示した。反対者たちはその階級的視点の欠如を批判した。ビルマ詩の伝統的技法は彼らの誇りでもあった。70年代前半には四音節詩が勢力を挽回したかに見えた。

しかし「モダン」詩は、ビルマ式社会主義に閉塞を感じる若者たちの心をとらえた。70年代後半から80年代にかけ、素人詩人の手書き「モダン」詩集が多数出回った。それは短編小説にも影響を与えた。軍事政権下の90年代、それは詩壇の主流となった。「モダン」詩は第一に、『モウウェー』誌時代に登場した自由韻詩、第二にその後多数登場する無韻詩、第三に90年代後半以降の若手による実験的散文詩に分類された。「モダン」詩の書き手は思想的にも多様だった。芸術はいかなる権力にも束縛されない、誰のため何のために書くか問う権利は誰にもない、内的感受性の命ずるまま自由に書くというティッサーニー（1946-）もいれば、人民のために書く立場を堅持したアウンチェイン（1948-2021）もいた。

一読して難解な「モダン」詩は、検閲の厳しさと表裏の関係にあった。それは検閲者をより神経質にさせた。掲載不可となる詩は多数に上ったが、詩を書く人びとは後を絶たなかった。「短編黄金時代」が鳴りを潜めた厳冬の時代に、最も熱く語り、書き続けたのがこれら詩人群だった。彼らは文学の熱心な読み手でもあった。詩人予備軍は多数に上り、「モダン」詩のすそ野は膨大だった。いつしか彼らは文学界で侮りがたい勢力となっていた。「人生描写」という名のビルマ式リアリズムも、「モダン」という名のビルマ式モダニズムも、言論弾圧の申し子だった。それらは冬の時代の証言録として、ビルマ文学史に足跡を残した。

分断社会の壁の崩壊を目指して

文学の受難の奥に民衆の苦難が透視される。その元凶は国軍の支配にほかならない。国軍の前身・ビルマ独立軍は日本軍特務機関によって創設された。日本軍将校や下士官が教官を務める幹部候補生養成学校の成績優秀者はビルマ軍将校に、成績抜群優秀者は日本の陸軍士官学校へ入学させられた。日本占領期は戦後の国軍支配の種を撒いた。戦後の「援助」という名の投資も、彼らを肥大化させた。我々はこれを重く受け止めねばなるまい。

各種反政府軍は消長を重ねたが、国軍は分断社会を縦横無尽に往来し、非合法地帯住民への蹂躙を重ねた。合法地帯住民を間断的に襲う悲劇は、非合法地帯住民には日常の風景だった。88年に国軍は、非合法地帯住民に向けてきた銃口を合法地帯住民にも向けた。民主化闘争挫折後、活動家たちが少数民族解放区に逃れ、分断社会の壁は揺らいだが、崩壊には至らなかった。成熟した連帯の構築にはさらに30年余の時が必要だった。

２００８年のサイクロン・ナルギス被害拡大の中で国軍は憲法批准投票を強行し、

2010年選挙に「勝利」し、2011年に「民政移管」を行った。2012年に検閲が廃止された。文学界では多種の作家組織が結成され、文芸講演会や朗読会などが開催された。ノンフィクションが台頭し、発禁小説が再版された。長編は息を吹き返しつつあったが、50年代の活況には及ばなかった。貸本屋が姿を消し、雑誌は売れ行き不振だった。SNSが詩や短編の書き手の新しい活躍の場となった。2015年の選挙で国民民主連盟が勝利すると、前政権時代に受賞すべくもなかった作家たちに国民文学賞が授与されるに至った。2016年度に同賞詩集部門で「モダン」詩が受賞した。「モダン」詩は名実ともに市民権を得たといえる。

「民政」下で学生運動や環境運動や労働運動などが息を吹き返した。しかし、問題は噴出し、解決には程遠く、真実の報道を目指す言論出版者の不敬罪や国家機密法違反罪による逮捕も後を絶たなかった。国軍の支配永続化の仕掛けが幾重にも施された2008年憲法のもと、一国に二政府が存在するかのようなせめぎあいが続いた。それは、ロヒンギャの受難の解決より2020年11月選挙の勝利を優先せざるを得なかった国家最高顧問アウンサンスーチーの苦渋の政治的判断からも窺えた。

2020年選挙の「不正」を口実とした2021年2月の国軍の政権簒奪は、「クーデター」の名に値しない。彼らは15年かけて自ら練り上げた2008年憲法をも踏みにじった。同憲法は、大統領が国軍総司令官に権力委譲できる旨明記する。しかし今回大統領は委譲を拒み、総司令官は軍出身の副大統領を大統領に昇格させた。同憲法に、大統領任命権者が国軍総司令官である旨の記載はない。彼らは国軍の名にも値しない違法な政権簒奪者となった。

若者を中心とした大規模な平和的抗議行動に続いて、CDM（公務員等の不服従運動）が始まり、公共機関は停止した。逮捕を免れた議員らはCRPH（連邦議会代表委員会）を結成し、少数民族組織に共闘を呼びかけ、国際社会への働きかけをも強めた。驚異的な粘りを見せる平和的抵抗に業を煮やした「国軍」は、ネット切断、重火器使用、焼き討ち、子供を含む市民への無差別殺戮、押し込み強奪、逮捕者への拷問・虐殺・性的虐待、遺骸引き渡し時の金銭要求ほか、あらゆる非人道的犯罪を重ねた。3月には空爆も始まった。

4月にCRPHは諸民族・諸宗教の人士を閣僚とするNUG（国民統一政府）を発足させた。内外の市民はこれを歓迎し、幾つかの少数民族も協力姿勢を示した。少なからぬ「国軍」将兵や警官もCDMに加わっている。彼らは「国軍」の自壊も射程距離に入れる。将校の一人は2015年から「クーデター」計画があったと語った。「不正選挙」は口実に過ぎなかったのだ。5月にNUGは「国軍」の暴力から自衛するためPDF（人民防衛隊）結成を宣言した。この2年半の各戦闘地域の「国軍」の死者数は、PDF・少数民族軍のそれを遥かに上回る。2023年8月現在、市民の死者4000名、逮捕者2万4387名、処刑者4名、7月時点の国内避難民192万7200名、国外避難民106万（ロヒンギャ96万を含む）、5月のサイクロン・モウカーの被災者90万。戦闘は首都近辺にも迫り、未曽有の受難に耐えながら不服従の民は包囲網を狭めている。

非合法地帯住民と受難を共有した合法地帯住民は、長年とらわれていた民族的宗教的偏見を急速に克服しつつある。この機を逃せば、独立で果たせなかった真の連邦国家の建設は難しいだろう。団結に向けた入念な努力も不可欠だ。独立後78年間続いた分断社会の壁が崩壊した暁には、ビルマ文学はミャンマー文学を名乗るに値するはずである。

おわりにかえて

ビルマ語情報の収集と発信と安否確認に追われ、狂濤の中で呻吟し続けていた2023年3月、四元康祐さんから本書出版の企画を知らされた。四元さんが既に「クーデター」直後から詩人コウコウテッとやり取りされて、翻訳作業を立ち上げ、ズーム朗読会を開き、『現代詩手帖』2021年11月号も特集「ミャンマー詩は抵抗する」を組んでいたと知って、不明を恥じた。詩人たちの深甚な連帯の力は驚嘆に値する。

本書は本邦初のビルマ語詩とエッセーのアンソロジーだ。それは、厳しい風土と幾多の受難が鍛えあげたビルマ文学の不屈の底力の発現である。そして「証言詩」たちもその役割を余すところなく発揮する。この画期的な出版に携わったすべての人びとに敬意を表したい。

なお、さらに興味を持たれた方は、拙著『ビルマ文学の風景』（2021年　本の泉社）、「南田みどりのミャンマー便り」（同社HP連載中）などにもお目通しいただければ嬉しく思う。

追記

右の文を書いたのは2023年8月末だった。いささかの時が流れた。求められて、少し書き加えておく。AAPP（ビルマ政治囚支援協会）によれば、24年7月5日現在の市民の死者は5358名に達した。国連が5月に発表した国内難民数も300万にのぼる。同じ5月に革命勢力は、国土の六割と59都市を制圧したと発表している。

23年10月27日、北東部シャン州で、TNLA（タアン民族解放軍）、MNDAA（ミャンマー民族民主同盟軍）、AA（アラカン軍）の「三兄弟同盟」が軍事独裁打倒やオンライン詐欺撲滅などを掲げて決起して「1027」作戦が始まった。これに呼応して中部ビルマ、南部タニンダーイー地域でも地元PDFの攻勢が強まった。11月には、東部カレンニー（カヤー）州、西北部チン州、西部ラカイン州でも「国軍」基地への攻撃が始まった。24年1月には、パオ族、モン族など「国軍」と停戦していた武装組織の一部が軍事独裁に反旗を翻した。

追い詰められた「国軍」は24年2月に徴兵制施行を発表した。「国軍」実効支配地域では、徴兵名簿登録者のくじ引き選考で当たりくじを引いた若者の自殺が相次いだ。徴兵目的による若者の拉致や逮捕も増加した。革命勢力武装組織に入る若者や、外国で就労する若者も後を絶たない。国籍をはく奪されたはずのロヒンギャ・ムスリムがラカイン州で徴用され、戦死者多数を出すなどの悲劇も生じている。24年6月、武装闘争はさらなる段階に入った。中国の仲介で6か月停戦していたシャン州で、TNLAとPDFの連合軍が進撃を再開したのだ。マンダレー北方でも地元PDFが「国軍」と激戦中だ。今年中に85パーセンーの地域が解放できると見る識者もいる。ただし諸勢力の団結へのたゆまぬ努力が鍵となる。

なお、拙訳でミチャンウェーとマ・ティーダーの作品が『ミャンマー現代女性短編集』（2001年）に、ニープレーの作品が『ミャンマー現代短編集2』（1998年）に、本書134頁に言及されるモンユワーの詩人チーゾーエー、149頁で言及されるマウン・ティンカインの詩が『二十一世紀ミャンマー作品集』（2015年、いずれも大同生命国際文化基金）に収録されている。

翻訳者あとがき

三宅勇介

ミャンマー軍事クーデターからもう3年が経つ。それ以降も世界各地で、戦争や権力によって市民や弱者が殺されたり虐げられたりしている。そうしたニュースを見聞きするたびに、日本の一市民として一体何が出来るのか、と無力感を感じる。いや、そうしたニュースがあまりにも頻繁なために、そうした無力感さえも摩耗していると言うべきだろうか。ミャンマーにおいては少数民族問題と宗教問題が複雑に錯綜している。少数民族といえば、モン族やロヒンギャの詩人らの抵抗詩などを読むにつけ、国軍の暴力の残酷さを様々な形で知らされる事になる。ビルマ族のみならず、彼らのような少数民族の抵抗詩もまた時代の証言であり権力に対する告発である。

大崎清夏

詩「春」を訳した。作者は著名な詩人ということだけれど、私たちはいま、彼の名前を仮名でしか知ることができない。本来の名前を明かせば、軍事政権に命を狙われる危険があるからだ。本書に収められた作品には、最ものっぴきならない意味で、書き手の生が賭けられている。どの生も銃で脅され、怒りでぶるぶる震えている。「春」は一見、淡々とカプレットのリズムを刻む穏やかな詩に見えるけれど、訳しながら私は、この詩の怒りの深さに震えた。

まるで土を耕すように深く深く怒り、宇宙の理にまで達して、そこから何かが芽吹くのを待っているようだと思った。万物は流転する。世の変化がやむことはなく、だから私たちは絶望しなくてよい、と。もう一篇、翻訳を担当した表題作にも、「春」の一語がある。巡らない季節はないのだ。

吉川 凪

この本に関して私自身が特に貢献したわけではないから別に言うことはない。ただ、見知らぬ国の、繊細で、切実で、独創的で、時に皮肉めいて、時にユーモラスな、底知れぬ迫力に満ちた詩と文章に接し得たことに感謝している。

ぱくきょんみ

えいやっと水甕を背負う。ふたりで、リズミカルに穀物をつく。背中の籠の紐は額にうまくかけて、草刈りだ。色とりどりの縞の衣をまとい、男女交互になって手をつないで踊る。走ってきた犬に驚いて、子ヤギがふり返る。むらさき色のトウモロコシも実ったねえ。

――ミャンマーから渡ってきた織物に野太く刺繍されたイメージには、人々の暮らしだけでなく、実直で、思慮深い、生き方までそっと示される。人と自然、人と動物たちのあいだの約束を守ってきた、きらめく交信がある。世界へ放たれたミャンマーの切実な言葉のつぶてを、日本語の詩のかたちにするとき、この交信に息づくものを忘れてはならない、と思った。

柏木麻里

拙訳の二つの詩、ミンコウナイン「お絵描き」とマウン・ユパイン「大いなる氷の大地の下に」は、どちらも語りかける優しさと、巧みな構成を作りだす知性、自分の言葉を慎み深くあやつる手綱をもっている。ビルマ語を解さない私が翻訳を試みることになったのは、ひとえに彼らの詩に惹かれたからだ。詩人たちがどのような街の、あるいは監獄の匂いに包まれ、どのような鳥の声を聞き、どのような食事をしてこの詩を書いたのか、私には分からない。しかし彼らの精神の輝きが、世界中のどの場所へも、どの時代にも続いていくことは分かる。願わくば、ただたどしい拙訳が詩の乗り継いでいく無数の小舟の一つとなり、日本の読者に二人の詩を送り届けることができますように。

編訳者あとがき

四元康祐

1　日本語版の成立過程について

２０２１年２月４日、ミャンマーでクーデターが起こった数日後に、一通のＥメールが届いた。差出人は英語版の編訳者であるコウコウテッ、件名は「詩の郵便」。本文には何の説明もないまま「輸出入法さまを褒めたたえる歌」という詩の英訳が張り付けられているだけの素っ気ない一斉メールだった。一読して、クーデターのことと関連があるのかなとは思ったが、正直よく分からなかった。コウコウテッとは直接会ったことはなかったが、名前は知っていた。Poetry International Web（ＰＩＷ）というウェブ雑誌で、彼はミャンマーの現代詩を、僕は日本の現代詩をそれぞれ紹介していて、いわばオンライン上の同僚だったからだ。

２月10日にはたまたまＰＩＷの編集者会議がズームで行われ、僕は画面越しに初めてコウコウテッと顔を合わせることができた。その後も彼からの「詩の郵便」は頻繁に届き続けた。３月４日にはその件名がいつもと違って「訃報：詩人ケーザウィン」となっていた。前日の抗議活動に参加していて治安部隊に射殺されたという説明とともにケーザウィンの代表作「獄中からの手紙」の英訳が添えられていた。１月にその英訳を発表した際、ケーザウィンが「僕の詩の英訳をありがとう。とても気に入った」と云い、コウコウテッが「気をつけろよ、兄弟」と返したのが最後のやり取りとなったという。

僕自身はミャンマーのことは何も知らないし、国際情勢にも詳しくないのだが、その頃になるとさすがに事態のただならぬ深刻さが分かってきた。と同時に、その中で詩が書かれ続けているということの重み、そしてその詩を英訳して世界中に届けようとするコウコウテッの熱意もひしひしと伝わってきた。だがその英訳をさらに日本語に訳そうと思い立ったのは、実は彼自身の書いた「母に――四幕からなる一つの人生」(114頁参照)という詩を読んだことが大きい。その詩はクーデターも抗議活動も超越して、純粋に詩として素晴らしかった。僕はその一篇でコウコウテッという詩人に惚れこみ、編訳者としての彼の目と手を信じたのだ。

4月に入ると、あらためてコウコウテッに連絡を取り、日本語への翻訳の許可と協力を求めた。彼は即座に数十篇の英訳詩のファイルを送ってくれた。一方で僕は日本の詩人たちにも声をかけて、翻訳作業への参加を誘った。自分一人の手にあまるということももちろんあったが、それ以上に、日本の詩人たちがチームとなってミャンマーの現代詩を訳し、日本の読者に紹介するという行為そのものが、コウコウテッにとっても、また彼が代表するミャンマーの詩人たちにとっても、大きな励みになるのではないかと思ったからだ。

三宅勇介、吉川凪、柏木麻里、大崎清夏、ぱくきょんみ。本書の訳者として名を連ねている詩人たちが、その声に応えてくれた。5月にはフェイスブック上に「Dah Poetry Project」と名付けたフォーラムを作り、そこを舞台に各自の翻訳を発表してゆくことにした。Dahとはミャンマーの伝統的な刀であり、ケーザウィンの詩のなかにも抵抗のシンボルとして登場する。7月初旬には東京のライブハウス「ひかりのうま」で、英国にいるコウコウテッと当

時オーストリアにいた反体制民主活動家マ・ティーダーをズームで繋いで、公開討議と朗読会を行った。さらにその年の秋には、詩誌『現代詩手帖』２０２１年11月号が「ミャンマー詩は抵抗する」という特集を組んでくれた。この特集にはミャンマー証言詩の小詩集、「ひかりのうま」での討議の文字起こし、各翻訳者のエッセイなどが盛り込まれているので、本書を読むうえでも参考になるだろう。

２０２１年の暮れには、英語版アンソロジーに先駆けてそのドイツ語版 *Die Armee Schiesst Nicht in Die Luft*（Erhard Loecker GmbH, Wien）が、オーストリア・ペンの協力を得て出版され、同時に英語版の最終ゲラも出来上がって来た。これを受けて、わがDah Poetry Project も翻訳のソースを「詩の郵便」から英語版アンソロジーに切り替え、改めて各自の分担を決めながら収載作品を日本語に訳していった。その後何度もの推敲と再構成を経て、本書の完成に至った次第である。

２　本書の構成および日本語への翻訳について

英語版の *Picking Off New Shoots Will Not Stop the Spring* は、副題に *Witness poems and essays from Burma/Myanmar 1988-2021* とある通り、過去30余年の期間から作品が採られていて、三つのパートに分かれている。第一部が２０２１年のクーデター発生以降に書かれたもの、第二部が２０１０年から２０２０年の暫定的な民主化への移行期間に書かれたもの、そして最後に１９８８年から２０１０年までの独裁的な政治体制のもとで厳しい検閲をかいくぐるようにして書かれた作品である。いわば現在から過去へと遡る形でそれぞれの時代の証言が配置されているのだが、編訳者のコウコウテッはその狙いをこう述べている。

1962年に最初の軍事クーデターが起こって以来、常に厳しい検閲に晒されてきたミャンマーの人々は、2010年代になってようやく手に入れた自由（それはオンラインとオフラインの両方で同時に起こったが）に対して、大慌てで対応しなければならなかった。ベテランジャーナリストのハンターワディー・ウー・ウィンティンによれば、長年にわたる検閲の心理的な影響は、自由化がもたらされたあとでもミャンマーの作家たちを苦しめ続けたが、1990年代から2010年代にかけて世に出てきたデジタル世代の書き手にとっては事情が違った。そこで第二章では2010年から2020年にかけて書かれた詩とエッセイ（その多くは若者と女性の手によるものだ）を収録し、検閲の重しが外されるとどんなことが可能になるのかを紹介することにした。（中略）

本書では最近から過去へと時間を遡る形で作品を配列している。そうすることで、ミャンマーという国がいかに退化してきたかが如実に示されるだろう。今回の軍事クーデターによる経済的、倫理的、政治的な損失は、将来何世代にもわたってこの国を揺るがし続けるに違いない。最終章（2010-1988）では、反体制詩人たちを紹介する。（中略）このように1988年から現在へといたる長い期間を射程にいれたことで、ミャンマーの日常的な政治的暴力が、いくつもの世代に跨ってどんな影響を及ぼし、どのように受け継がれてきたかが明らかになるだろう。

これに対して日本語版ではクーデター以前と以降というふたつに大別した。また収録する作品の数は、英語版アンソロジーに収められた84篇から30篇を選んだ上で、「詩の郵便」では英訳されていたものの英語版アンソロジーには入れられていなかった作品10篇を加えて、最終的に40篇となっている。

作品を選ぶ基準としたのは、なによりも詩としての完成度の高さである。そもそもコウコウテッが「詩の郵便」を選ぶうえで心がけたことが「単なるプロパガンダ詩を超えて詩的な完成度を保ったものに限る」という原則だったと語っている。「詩がプロパガンダを超えるためには、どんな詩であれ、必要とされる一定の要件を満たしていなければいけない。メタファーや正直さ、あるいはアイロニー、そういう点に優れている詩だけを選んで訳している」というわけである（『現代詩手帖』２０２１年11月号、特集「ミャンマー詩は抵抗する」）。

日本語版では同じ原則をより厳密に適用したうえで、さらに日本語に翻訳されても煩雑な注釈なしで直観的に理解できるものに絞っていった。というのも、英語版に集められた作品はいずれもそれぞれの時代や地域の生々しい現実や政治性を背景としているので、作品によってはそういう背景の説明なしで日本語訳だけを読んでも、なかなかピンとこないものもあるからである。

英語版の構成上のもうひとつの特徴は、詩だけではなく、軍政下のミャンマーの日常を生々しく描いたさまざまなエッセイが含まれていることだろう。また書き手を選ぶ際にも、すでに著作のある既成の詩人や作家だけではなく、もっぱらＳＮＳを舞台とする匿名的な書き手たち（コウコウテッは彼らのことを「参加型の詩人・作家」と呼んでいる）の作品も採ることを心がけている。これらの点は日本語版を再構成する際にも考慮した。

ここで「証言詩」という概念について触れておこう。英語版の序文でも簡単に語られているが、別の場所のインタビューでコウコウテッはさらにこう語っている。


抵抗詩（resistance poetry）という概念は、おそらくマルクス主義革命の時代まで遡るものでしょう。一方証言詩（witness poetry）という概念が知られるようになったのは、1983年に出版されたチェスワフ・ミウォシュの同名のエッセイ集によってであると思われます。ミウォシュは、ナチズムと共産主義という20世紀におけるふたつの全体主義を生き延びたポーランドの詩人ですが、彼にとって、詩とは疎外や意見の表明である以前に、自分の属する共同体に起こった出来事に対する証言に他なりませんでした。

共同編集者であるブライアン・ハマンと私はその議論をもう一歩進めて、証言詩と抵抗詩の違いは、証言詩が集団的な政治的アジェンダを持たないという点にあると規定してみました。抵抗詩と違って、証言詩は主観的であり個人的なものです。すべての抵抗詩は証言詩であると考えられますが、その逆は真ならず、証言詩が常に抵抗詩であるというわけではありません。

私にとって、このふたつの概念の区別は非常に重要です。というのも、現代の大衆的社会運動はジェンダーから労働問題にいたるまで多岐に亘っていて、ミャンマーですら例外ではないからです。さまざまな人々がさまざまな個人的な理由のために抵抗活動に参加していて、そこに共通のイデオロギー的な目的というものは存在しません。唯一あるとすれば、軍事政権を排除し民主主義を取り戻すことくらいでしょうか。証言詩の代表的な例としては、ヤンゴンで治安部隊に息子を射殺された父親が息子のために書いた哀悼詩をあげることができるでしょう。

（オンライン雑誌 Words Without Boarders ２０２１年11月17日 Picking Off New Shoots Will Not Stop the Spring: An Interview with ko ko thett by Eric M. B. Becker）

３ コウコウテッについて

本書の生みの親であるコウコウテッは、１９７２年ミャンマーの首都ヤンゴンで生まれた。ヤンゴン工科大学に在学中の１９９０年代、当時の民主化運動のうねりのなかで詩を書き始め、反体制詩人として詩集を地下出版する。１９９６年学生運動に加わったという理由で一時拘禁されたのち、翌年には祖国を離れ、以来シンガポール、タイ、フィンランド、オーストリアなど現在に至るまで亡命生活を送っている。ミャンマーを代表する国際的な詩人として、最新詩集 *Bamboophobia*（Zyphyr Press, 2022）を始めとする多くの著作を発表する一方、ミャンマーの現代詩を精力的に英訳し、世界中の読者に紹介し続けている。２０１２年には、ミャンマー現代詩人15人を集めた英訳アンソロジー詩集 *Bones Will Crow*（Arc Publication, 2012）により英国ペンクラブの翻訳プログラム賞を受賞している。現在はイングランド東部のノリッジに在住。

というのが、英語版の末尾に記されている彼の略歴だが、「亡命生活」の実情はもう少し複雑だ。実は２０１５年アウンサンスーチーが率いる国民民主連盟（ＮＬＤ）が選挙で勝って、

（いまにして思えば束の間の）民主化が進んだ際、コウコウテッはいったん祖国ミャンマーに戻り、翌年にはミャンマー人女性と結婚しているのである。その妻が２０１８年に研究活動のため渡英することになり、彼もいっしょに付いていった。その時は夫婦ともあくまで数年の滞在の予定だったという。ところが今回のクーデターで、帰るに帰れない事態となってしまった。

クーデターの直後にコウコウテッから一斉メールで「詩の郵便」が届き始めたとき、僕はそういう事情をまったく知らなかった。てっきりミャンマー国内にいるものだと思って、身の危険を案じていたのだ。その後「Dah Poetry Project」を始めるにあたって彼とズームで話した際に初めてイギリスにいると知って、その時は大いに安心したが、あとで考えると本人の胸中はもっと複雑なものだろうと思い当たった。運命に翻弄されてふたたび亡命生活を余儀なくされたこともさることながら、なによりも国に残っている仲間の詩人たちが抗議活動に加わり、その結果殺されたり投獄されたり地下にもぐったりしているのを、安全で平和な向こう岸から見ているほかにないというのは、さぞや歯がゆいことだろう。

コウコウテッ自身はいつも淡々と落ち着いていて、このあたりの心境については多くを語らないが、なぜ「詩の郵便」を始めたのかという僕の質問に対して、ある時ぽつりと「サバイバーズ・ギルト」すなわち「生き残ったものの罪悪感」と呟いたことがある。そのやるせなさは、彼だけのものではなく、長年にわたる軍事独裁を逃れて国外に出て行ったすべてのミャンマー人に共通する思いだろう。

コウコウテッは自らを「a poet by choice and Burmese by chance 自らの選択によって詩人、

偶然によってミャンマー人」と紹介しているが、人生の半分以上を日本の外で過ごしてきた者として、僕にもそこにこめられた気持ちは肌で分かる。そういう個人的な共感もまた、本書を訳すきっかけのひとつであったことを付け加えておきたい。

4　ミャンマーの詩と詩人

2021年5月26日付のニューヨークタイムズ紙は「詩人たちが虐殺され、投獄される国」という見出しのもとで、「ミャンマーでは政治と詩が密接に結びついていて、今回のクーデターのあとでも30人以上の詩人が投獄されている」と報じている。僕が知る限りでも4人の詩人が殺害されていて、いずれのケースもデモに参加していてたまたま流れ弾が当たったというのではなく、はっきりと、詩人であるがゆえに狙い定められ、殺されたとのことである。夜中に夫婦ともども自宅から連行され、留置所で殴り殺されたケッティー。路上でガソリンを浴びせられ焼き殺されたセインウィン。同じく路上で頭を撃ち抜かれたケーザウィンの遺体には、内臓を抉りぬかれた形跡があったという。なぜミャンマーではかくも詩人が権力の目の敵にされるのか？　コウコウテッは、僕のその問いにこう答えた。

ミャンマーでは、日常の会話のなかでも、二行詩《カプレット》の形式で自分の思いを伝えることがあります。ミャンマー人は日常的に詩的な言語を操る国民なのです。さらにミャンマーは、むかしはイギリスの植民地であり、そのあと日本に占領され、独立したと思ったら、戦後まもなく軍の独裁がはじまって現在に至っています。そういう歴史のなかで、ミャンマーの詩人は常に民衆の声を代弁してきました。ミャンマーの詩人にとって、不当な状況に対する抵抗を書かないでいることは不可能です。もし自分が完全に壁のなかに閉じ込められたとしても、今度はその壁の上に、壁そのものについての詩を書き続けるでしょう。詩人という存在が、人々の抵抗活動にとって非常に重要な役割を担っていると知っているからこそ、軍は詩人を狙い撃ちするのです。

今回もクーデターの直後から、ミャンマーの詩人たちは国内外で抗議の声を上げ始めた。以前と違って、今日ではそれらの声はインターネットによってたちまち国中に伝わり、国境を越えて広がってゆく（抗議活動の最初の数週間は、軍事政権はインターネットを取り締まらなかったのだそうだ）。それだけに、このようなアンソロジーが国内で出版されることを当局は厳しく取り締まるだろうし、たとえ海外での出版であってもこの本に寄稿者として名前を連ねることは大きな危険を伴うだろう。寄稿者の多くが匿名的なペンネームを使っているのはそのためである。また今日にいたっても、本アンソロジーはミャンマー国内では書籍化されていない。

本書には、抗議の声を上げることで殺された詩人たち、そしてクーデター後の2年間で2900名を超えると言われる死者たちの無念がこもっている。その意味で、本書は時代の証言であるとともに、時を超えた鎮魂の書でもあると言えよう。

ちなみに英語版のタイトル『いくら新芽を摘んでも春は止まらない *Picking Off New Shoots Will Not Stop The Spring*』は、2021年春ミャンマーで繰り広げられた抗議活動のスローガンから採られたものだが、もともとはチリの詩人パブロ・ネルーダの「たとえすべての花を伐り取ったとしても、春の訪れを止めることはできない」という詩句を踏まえているという。

5　さいごに

コウコウテッから最初の「詩の郵便」が届いてから早くも丸3年が経った。ミャンマーではいまも軍による独裁と抑圧が続き、平和と自由の訪れる気配はみえない。2022年2月にはロシアによるウクライナ侵攻が起こり、2023年10月にはイスラエルとパレスチナの間でも戦争が勃発した。ヨーロッパ諸国では極右政権の台頭が著しいし、大統領選を控えた米国社会の分断と憎悪はふたたび過激さを増しつつあるようだ。第二次世界大戦の予感の迫る1930年代、詩人のW・H・オーデンは「ああ聞こえてくる、(中略)／「人間」の声――我らの狂気を生き延びる道を教えよ」(「支那のうえに夜が落ちる」深瀬基寛訳)と訴え、中原中也は「人類の背後には、はや暗雲が密集してゐる／(中略)／／世界は、呻き、躊躇し、萎み、／牛肉のやうな色をしてゐる」(「秋の夜に」)と書いたが、時代はますます混迷と蒙昧を深め、破滅への道を歩んでいるようにも思える。

日本の社会は一見平和と安全を保っているが、それはあくまで表層的な次元の話であって、個々人の意識の奥には得体のしれぬ不安と恐怖が深く静かに充満しつつあるのではないか。むしろ自ら抑圧し隠蔽している分、その圧力はマグマのごとく煮えたぎり、噴出の機会をうかがっているだろう。詩の言葉は野蛮な現実の前で赤子のように無力だが、人間はその無力さのどん底でも声を発し、叫びをあげずにはいられない。本書に収めた詩とエッセイもまた、オーデンのいう「人間の声」そのものだ。それらは遭難した船から荒れ狂う波間に放りこまれた投壜通信のように、たまたま僕たちの足元の砂浜に打ち上げられた。僕たちはいまその中身を日本語という壜に詰め直して、ふたたび波間に投じようとしている。今度はあなたの手と心に届くことを願いながら。

本書の制作にあたっては、コウコウテッと南田みどり氏に大変お世話になった。コウコウテッとは数回にわたって長時間のズーム会議を行い、個々の作品の解釈や背景、詩人のプロフィールを教示してもらった。ミャンマー文学の研究者で現地の作家たちに「詩人の母」と呼ばれているという南田みどり氏からは、人名地名の日本語表記に関する監修・助言をいただいた上に、詳細な解説まで書き下ろしていただいた。また「港の人」の上野勇治氏は、本書をミャンマーという固有を超えた普遍的な鎮魂の書として日本の人々に届けたいという意思を早い段階から表明し、その後の長い歩みを見守ってくださった。訳者一同を代表して各氏に深く感謝申し上げます。

2024年3月31日

三宅勇介　みやけ ゆうすけ
歌人。1969年、東京都生まれ。歌集に『える』『棟梁』、詩歌集に『亀霊』。第30回現代短歌評論賞受賞。

大崎清夏　おおさき さやか
1982年神奈川県生まれ。詩集『指差すことができない』で中原中也賞受賞、『踊る自由』で萩原朔太郎賞最終候補。著作に『私運転日記』、『目をあけてごらん、離陸するから』、『大崎清夏詩集』など。

吉川 凪　よしかわ なぎ
仁荷大学博士課程修了。文学博士。著書『朝鮮最初のモダニスト鄭芝溶』、『京城のダダ、東京のダダ』。鄭芝溶、呉圭原、申庚林、金恵順、オ・ウンの詩集などを訳した。第4回日本翻訳大賞受賞。

ぱくきょんみ
詩人。1956年、東京に在日韓国人2世として生まれる。高校時代にラジオ深夜放送で聴いた「詩の朗読」に揺さぶられて詩作をはじめる。第一詩集『すうぷ』以降、エッセイ・翻訳・絵本を手がけ、最新詩集は『ひとりで行け』。朝鮮半島の伝統文化に根ざした染織コレクションの本を準備中。

柏木麻里　かしわぎ まり
ドイツ・エアランゲン生まれ。現代詩手帖賞受賞。日英2言語詩集『蝶』の詩は12言語に翻訳され、国際微詩賞銀賞、ナジ・ナーマン文学賞を受賞。他の著書に詩集『蜜の根のひびくかぎりに』、美術書『もっと知りたいやきもの』など。

南田みどり　みなみだ みどり
1948年兵庫県生まれ。ビルマ文学研究者。大阪大学名誉教授。著書に『ビルマ文学の風景－軍事政権下を行く』他、翻訳書にテインペーミン著『ビルマ1946－独立前夜の物語』（第54回日本翻訳特別賞受賞）など多数。

四元康祐　よつもと やすひろ
詩人・作家。1959年生まれ。詩集に『世界中年会議』（第3回山本健吉文学賞、第5回駿河梅花文学賞）、『噤みの午後』（第11回萩原朔太郎賞）、『日本語の虜囚』（第4回鮎川信夫賞）ほか。詩文集に『龍に呑まれる、龍を呑む ── 詩人のヨーロッパ体験』、文芸批評書に『谷川俊太郎学』『詩人たちよ！』。翻訳書に『ホモサピエンス詩集』など。

ミャンマー証言詩集　1988-2021
いくら新芽を摘んでも春は止まらない

2024年10月5日初版第1刷発行

著者　コウコウテッほか

編訳　四元康祐

翻訳　三宅勇介、大崎清夏、吉川 凪、ぱくきょんみ、柏木麻里

発行者　上野勇治

発行　港の人

神奈川県鎌倉市由比ガ浜3-11-49　〒248-0014
電話0467-60-1374　FAX0467-60-1375
www.minatonohito.jp

装丁　港の人装本室

印刷製本　シナノ印刷

ISBN978-4-89629-445-3